「俺の夢は可愛い嫁さんを見つけること」
「そう。私以外で良い人がいるといいわね」
「可愛いって自覚あるんだ」
「…うっさい」

CONTENTS

Kanojo wo deresaseru houhou wo, Shorai kekkon suru oredake ga shitteiru

彼女を
デレさせる方法を、
将来結婚する
俺だけが知っている
[著] 中村ヒロ
Hiro Nakamura
[絵] ゆがー

カバー・口絵　本文イラスト
ゆがー

プロローグ

白薔薇姫《しろばらひめ》。

有栖川由姫《ありすがわゆき》の異名である。

初めて聞いた時、なかなか良いネーミングセンスだと思った。

彼女の外見と中身を表すのに、これ以上ない組み合わせだと思ったからだ。

ポーランド人とのハーフで、母親譲りの美貌。

白銀の糸のような銀髪。

サファイアのような瞳《ひとみ》に、長いまつ毛。シミ一つない白い肌。

東欧人の整ったパーツに、日本人特有の童顔が加わって、まるでドールをそのまま大きくしたかのようにさえ感じる。

凛《りん》とした顔つきとは逆に、背は小柄。しかし、そのギャップが庇護欲を搔《か》き立てる。

童話に出てくる白雪姫のように、鏡に訊《たず》ねれば彼女の名前が返ってくるかもしれない。

そして今日も男たちが、花の蜜《みつ》に引き寄せられるミツバチのように、彼女の元へと集まるのだった。

「有栖川さん。今度一緒に映画行かない？」

休み時間。別のクラスの男子が映画のチラシを片手に彼女に話しかけた。

「誰《だれ》？」

「瀬川《せがわ》だよ。この前の選択授業の時、隣の席だったじゃん」

瀬川はへらへらとした態度で、手に持っていたチラシを彼女の机の上に置いた。

「一人で行くのは寂《さび》しいから、一緒に行く人探してんだよね。一緒にどう？」

彼が置いた映画のチラシは、泣けると噂の恋愛映画のものだった。

「有栖川さんの行ける日に合わせるからさ、いつがいいとかある？」

上手《うま》い誘い方だな、と俺《おれ》は思った。

いつがいいかを聞くことで、断りづらくしている、ナンパ慣れしているやつの話し方だった。

しかし――

「興味ないわ」

彼女は顔もロクに見ずに、きっぱりと断った。

「あー。恋愛系の映画は興味ないんだ。有栖川さんは、どんな映画が好きなの？　教えてよ」

だが、瀬川はめげない。持ち前のコミュ力を駆使し、話を続けようとする。

「ごめんなさい。私としたことが、言葉足らずだったわ」

彼女は初めて、彼の顔をしっかりと見ると、はっきりとした声で言った。

「興味がないって言ったのは、映画じゃなくて、貴方《あなた》のことよ」

ざっくりと何かが抉《えぐ》れた音と共に、瀬川の顔が引きつった。

女の子にここまでこっぴどく拒絶されたのは、彼の人生で初めてではないだろうか。

「そ、そっかー」

彼は絞り出すような声をだしたあと、ふらふらとした足取りで帰っていった。

この容赦のなさ、苛烈さが彼女の持っている棘《とげ》である。

下心を持って近づいた者は、ああしてバッサリと切り捨てられる。

決して汚れることのない純白のベールのような少女。

白雪姫のように美しいが、薔薇のように棘がある。

だから、白薔薇姫。

「あーあ。今日も犠牲者が出たよ」

「白薔薇姫を落とせるやつ、この学校にいるのかね」

一部始終を見ていたクラスメイトの男子達が、憐《あわ》れみを込めた目で瀬川を見送っていた。

白薔薇姫を落とせるやつ……か。

俺は席を立つと、彼女の元へ歩いていく。そして、気さくな感じで話しかけた。

「有栖川。この前の映画――」

「っ！　ちょっと来て！」

彼女は慌てて立ち上がると、俺の腕を引き、教室の外へ出た。

そして、人通りの少ない屋上へ続く階段まで歩くと
「どういうつもり？」

と苛立たしげに訊ねてきた。

「何が？」

「とぼけないで。一緒に映画に行ったことは、誰にも言わないって約束だったでしょ」

「わかってるよ。誰にも言うつもりはないって」

「じゃあ、さっきのは何？　周りに人がいたでしょ」

「あぁ、生徒会の仕事の話。この前の映画研究会のＤＶＤプレイヤーの修理申請、承認印貰《もら》ったか聞きたくてさ」

「え、映画研究会……」

かぁと彼女の顔が紅潮《こうちょう》する。

どうやら、早とちりをしたことに気づいたらしい。

「そ、それならそうと早く言いなさい。紛《まぎ》らわしいのよ」

「へいへい。俺達が友達ってことは、クラスの皆には秘密だもんな」

「気を付けてよね。変な噂を立てられるの嫌《いや》なんだから」

「俺は全然かまわないいんだけど」

「私が気にするの！」

子供のように脣《くちびる》を尖《とが》らせる彼女に、俺は苦笑《にがわら》いを浮かべている。


俺だけが知っている彼女の秘密。


白薔薇姫と呼ばれているクールな彼女が、蓋《ふた》を開けてみると意外とポンコツだということ。

他にも好きな食べ物。どんな映画が好きなのか。

好きな動物。好きな異性のタイプ。

そして、彼女の控えめな胸が、将来とてつもなく大きく育つことも、俺は知っている。

なぜ、そんなに詳《くわ》しいのか。

それは彼女が将来結婚する、俺の嫁だからだ。

間話Ⅰ　とある新婚夫婦の日常《未来》

俺《おれ》の嫁は青春ラブコメが好きだ。

今日も家事を一通り終えたあと、居間のソファでくつろぎながら、アニメ化が決定した人気ラブコメ漫画を読んでいた。

漫画だけではなく、アニメやドラマ、時にはライトノベルも読む。

俺はその様子を少し離れたところから眺めるのが好きだ。

にまーと笑ったり、真剣な顔つきになったり、はらはらした表情になったり。

普段はクールな彼女が、この時だけは表情豊かになるからである。

「なにじろじろ見てるの？」

俺の視線に気づいたのか、彼女は顔を上げて頰《ほお》を膨らませた。

「いや、ずいぶんと面白《おもしろ》そうに読んでいるなと思って」

「そう！　すっごく面白いの！　今まで読まなかったのが勿体《もったい》なかったくらい！　特にヒロインの感情描写がとっても上手《うま》くて……」

彼女は目をキラキラさせて、読んでいた漫画の内容を熱弁する。

そして、ため息を一つ吐《つ》くと
「あーあ。私もこんな学生生活を送ってみたかったなぁ」

とがっくりと項垂《うなだ》れた。

「高校時代、そんなに酷《ひど》かったのか？」

「前にも話したでしょ。私にとって一番の黒歴史」

彼女は頭を抱えながら、苦笑《にがわら》いを浮かべた。

「あの時の私は無駄《むだ》にプライドだけ高くて、勉強ばかりして……。青春らしいことを何一つできなかったんだから」

「でも、そのお陰であの七芒学園《しちぼうがくえん》を首席で卒業できたんだろ」

「そうだけど、今思い返すと他にやるべきことがたくさんあったと思うわ。彼氏を作るとか」

「凄くモテてたのに、全部断ったんだっけ」

「だって、あの時の自分には男子が全員幼稚に思えたんだもの。今思い返すと、幼稚だったのはどっちって話」

高校時代の記憶がフラッシュバックしたのか、彼女は近くにあったクッションに顔をうずめると、足をパタパタさせ始めた。

「俺は君が暗い青春を送ってくれて、良かったと思うよ」

「はぁ？　なんでよ」

「だって、そのお陰で俺は君と結婚できたんだから」

「っ……！」

真剣な顔でそう言うと、彼女の顔が赤くなった。

「急に格好《かっこう》良いこと言うな、馬鹿《ばか》……」

彼女は俺にクッションを投げつけると、天井《てんじょう》を仰《あお》ぎながら
「あーあ。高校生の時に、貴方《あなた》がいてくれたらなぁ」

と呟《つぶや》いた。

「もし、高校生の俺が告白したら、付き合ってくれた？」

「ないわね。即答でフッてたと思う」

酷い。俺が落ち込んだふりをしていると、彼女はくすりと笑って俺の方へ歩いてくると
「だからさ。もしも、過去に戻るようなことがあったらさ」

そして、横髪を掻《か》き上げると、俺にキスをした。

「何十回でも何百回でも私に告白して。それで、私に青春を教えてね」

第一話　タイムリープは突然に

「ん？」

朝起きると、違和感を感じた。

いつもの布団《ふとん》じゃない。しかし、なんだか懐かしい匂いがする。

「あれ……ここホテルか？　おかしいな。俺《おれ》、昨日は出張じゃなかったハズなのに……」

寝ぼけた頭を必死に動かす。辺りを見渡していくうちに、見覚えのある部屋であることに気づいた。

「ここは……俺の部屋……か？」

実家の子供部屋のベッドに俺は寝転んでいた。

何故《なぜ》？　実家なんて、お盆と正月くらいしか帰らないのに。

「早くしないと朝ご飯冷めちゃうわよー」

ドタドタと階段を上る音と共に、母さんの声が聞こえてきた。

うん。やっぱり実家みたいだ。

「母さん。俺、なんで実家に帰ってきてるんだっけ？」

「実家？　寝ぼけてないで、顔洗ってらっしゃい」

ドアの向こう側。俺が起きたことを確認した母さんの階段を下りる音が聞こえてきた。

「ん？　なんか体が軽いな」

仕事の疲れが綺麗《きれい》に消えていた。酷かったはずの肩こりもない。

それに、無性に腹が減っている。いつもは胃もたれで、朝食は軽いものしか食べられないはずなのに。今ならステーキが出てきても、ペロリといけそうだ。

不思議なこともあるものだ。

そんな違和感に、首を傾《かし》げながらも、俺は一階にある洗面所に向かった。

顔を洗い、タオルで拭き、寝癖を直そうと鏡を見た時だった。

「は？」

鏡に子供の姿の俺が映っていた。

百八十センチ近くあった身長も、百六十センチほどしかなく、顔も童顔。

無精ひげのないツルツルの顎《あご》。

太らないようにと、ジムで無駄《むだ》に鍛えた筋肉も消え失せていた。

これは……高校……いや、中学生の頃の俺……か？

「いやいやいや……いやいやいやいやいや」

なんだこれ⁉　夢か⁉

だが、リアルすぎる。顔を洗う時の水の冷たさや、タオルの感触が夢とは思えない。

「まーくん。何してるの？　早くしないと学校に遅れるわよ」

俺が頬《ほお》をつねっていると、おたまを手に持った母さんがやってきた。

「⁉」

母さんも若返っていた。

元々童顔で、十歳ほど若く見える人なのだが、しわや白髪が一本も無くなっている。

「か、母さん。なんか若返った？」

「あ、わかる？　化粧水、変えたのよ。父さんより先に気づくなんてね」

「と、父さん⁉」

まさかな……。俺は慌てて、食卓のあるリビングへと向かった。そして息を呑《の》んだ。

「あぁ……。会社行きたくないよぉ……」

死んだはずの父さんが朝食を食べていたのだ。ネガティブオーラを出しながら、黙々とリスのように朝食を頬張《ほおば》っている。

父さんは五年前、病気で死んだ。そんな父さんが元気に生きている。

「休んじゃおうかなぁ……。なんか熱ある気がするし、休んじゃおうかなぁ……」

「ずる休みは駄目《だめ》よ。社長なんだから、皆の見本になるような行動をしないと」

子供の頃、何度も見た両親のやり取りだ。ネガティブな父さんと、ポジティブな母さん。

「ほら、まーくんもさっさとご飯を食べて！　受験生は体が資本なんだから」

「じゅ、受験生？　俺が？」

「まだ寝ぼけてるの？　そうだ。進路希望調査票、貰《もら》ったんでしょ。忘れずに出しなさいね」

「…………………………」

頭がどうにかなりそうだった。ふらふらとした足取りで、自分の部屋に戻り、ベッドの横にあった自分の携帯を手に取った。

俺の携帯もスマホではなく、黒いガラケーに戻っていた。

ガラケーの待ち受け画面に表示されていた時間は二〇〇八年、一一月二五日。

つまり今の俺は中学三年生。

こみ上げてくる胃液を必死に押し込みながら、俺は震える唇《くちびる》で呟《つぶや》いた。

「過去に戻ってる……」

＊　＊　＊

「すみません、先生。風邪《かぜ》をひいてしまったみたいで」

この異常事態をすぐに呑み込めるわけがなく、ひとまず学校を休むことにした。

まさかこの歳《とし》になってずる休みをすることになるとは。ガラケーで中学の担任に電話を終えると、ゆっくりと深呼吸をした。

「よし。なんとか落ち着いたぞ」

いや、正確には落ち着いてはいない。手は震えたままだし、動悸と冷や汗がやばい。しかし、そう自分に言い聞かせないと、どうにかなりそうだった。

まずは状況を整理しよう。

今は二〇〇八年の一一月二五日。

俺の部屋にあるのは、ベッドにはモンハンが入ったＰＳＰ。地デジ未対応のブラウン管テレビ。テレビの下にはＶＨＳと薄型のＰＳ２。

バリバリバリバリ。

マジックテープ式のダサい財布《さいふ》にはたったの六千円。なぜか弐千円札が一枚紛《まぎ》れ込んでいた。

そして、タイムマシンのようなものは見当たらない。というか、若返っているということは、タイムスリップではない。タイムリープだ。

それから俺は、元の時間軸に戻る方法を模索することにした。

二度寝をしてみる。

思い残しのあった、サービス終了したネトゲをやってみる。

ガラケーを手に、「時よ戻れ」と叫《さけ》んでみる。

しかし、どれも効果はなく、気が付くと夕方になっていた。

『風邪か？　はよ治せよー(　゜Д゜)』

中学の友人の田村《たむら》から、メールが送られてきたので、『風邪よりやばいヤツ貰った』と返すと、『インフルか？』と心配するメールが返ってきた。

こいつとは高校が別になってから遊ばなくなったんだっけか。懐かしさと少し寂《さび》しい気持ちが込み上げてきた。

「……ちょっと散歩でもするか」

このまま部屋にいても、解決策は思いつかなそうだ。それに、さすがに気が滅入《めい》ってきた。

俺はコートを羽織ると、外に出た。

二〇〇八年の風景は現代とさほど変わらなかったが、決定的に違うことが二つあった。

一つはマスクをしている人が少ないこと。

この時代はまだ新型コロナが流行していないからだろう。

そしてもう一つはスマホを見ながら歩いている人がいないこと。みんな代わりにガラケーを持っている。

スマホはもう発売されているが、日本に普及し始めるのはもう少し後のようだ。

「俺、本当にタイムリープしたんだな」

三〇分ほど歩き、隣町へと繋《つな》がる橋のところまできたところで、俺は足を止めた。

橋の手すりに腕を乗せて、川を眺める。冬の風がひゅうひゅうと身に染みた。

「…………………」

俺はもう現代に戻れないかもしれない。川の水面に映った自分の顔を見ていると、ふとそう思ってしまった。

「……そういえば、コレは試してなかったな……」

俺は橋の欄干《らんかん》に上り、川を見下ろした。昨日は雨だったのか、水量がやや多く、濁《にご》っていた。

よくあるじゃないか。死に直面した時、時間移動する。

ここから飛び降りれば、未来に戻れるんじゃないだろうか？

時をか○る少女でも、よくタイムリープをする際に、ジャンプしたり、水に飛び込んだりしていたし。

「……………なんてな」

バカバカしい。もし本当に死んでしまったらどうする。

体も冷えてきたし、ひとまず帰って、他の方法を考えよう。

そう思いながら、欄干から下りようとした時だった。

「なにしてるの？」

後ろから聞き覚えのある声が聞こえた。俺の知っている声よりやや幼さの残る声だった。

そこにいたのは、女子中学生だった。

セミロングの銀髪に水色のヘアピン。

背は小柄で、胸も控えめの細身の体。

青い、氷のように冷たい目。

ブレザーに身を包み、大きな学生鞄《かばん》を背中に背負っている。

初めて見る女の子だった。だが声が、表情が、彼女であると俺の本能にそう告げていた。

「ゆ……由姫《ゆき》……？」


そこには中学生の俺の嫁が立っていた。


「なんで私の名前、知ってるの？　どこかで会ったことある？」

彼女は怪訝《けげん》そうな表情で首を傾げた。

やっぱり由姫だ。中学生の由姫だ！

じわりと涙が込み上げてきた。若くなったせいで、涙腺まで緩くなったのかもしれない。

「…………」

俺が涙を堪《こら》えていると、彼女は俺の近くへと歩いてきて、橋の下を覗《のぞ》き込んだ。

「自殺ならやめておきなさい。この高さから落ちても多分死なないわよ。足を骨折するだけじゃないかしら」

「は？　じ、自殺⁉」

どうやら、自殺志願者と勘違いされているようだ。

いや、無理もないか。季節は真冬。真下には増水した川。その橋の欄干の上に立っていたのだ。傍から見れば、ただの自殺志願者に他ならない。

「私と同じくらいの歳だし、受験疲れ？　それともイジメでも受けた？」

「いや、そういうわけじゃ……」

「ふぅん。まぁ、どうでもいいけど。私、もうじき受験なの。だから、縁起でもないもの見せないでくれる」

縁起でもないもの……受験生……あぁ、落ちるってことか。

手の甲を掻《か》きながら、面倒くさそうに彼女はため息を吐《つ》いた。

サバサバした態度だが、内心では心配してくれているようだ。

彼女は不安な時、手の甲を掻く癖《くせ》があるからだ。どうやら、その癖は子供の頃かららしい。

「もう飛び降りる気はない？」

「あ、あぁ」

「そう。それじゃ、早く帰りなさい」

彼女は安堵《あんど》したのかほっと息を吐き出すと、駅の方へ歩き始めた。

「ま、待ってくれ」

「？　なに？」

気が付けば俺は、去ろうとする彼女を引き留めていた。

でも、言葉が出ない。話したいことは幾つもあるのに。

結婚してから数年、毎日話していたはずなのに。

絞り出すように出てきた言葉は、まるでナンパ慣れしてない中学生のようなものだった。

「……こ、高校、どこ受けるんだ？」

「？　七芒学園《しちぼうがくえん》だけど。今日は学校見学の帰りだったの」

彼女の口から出たのは、未来で由姫から聞いた通りの、関東屈指の名門校だった。

これから彼女はそこに入学し、首席で卒業する。

「もういい？　それじゃ」

去っていく彼女を眺めながら、俺はしばらく呆然《ぼうぜん》としていた。

彼女に会えたことに驚いたから。それだけじゃない。

「中学生の由姫……可愛《かわい》かったな」

大人の由姫は何度も見てきたが、中学生の彼女にはまた別の魅力があった。

美人ではなく、可愛いという言葉がしっくりくる。

「もう一度会いたいな……」

無意識に俺はそう呟いていた。

「ごちそうさま」

家に帰り、夕食を食べた俺は部屋に戻ると、学校の鞄から一枚の紙を取り出した。

進路希望調査票。

俺が卒業した高校は、美柳町《みやぎまち》高校。五駅ほど離れたところにある、そこそこの進学校だ。

彼女は出来なかったが、男友達連中と、まぁまぁ楽しい学生生活を過ごすことができた。

空白の第一志望の欄。ここに何を書き込むべきだろうか。

「…………」

分岐点だ。

ここで美柳町高校と書かなければ、間違いなく前の人生とは違う道を歩むことになるだろう。

恐怖心が無いわけじゃない。

前の人生のほうが良かったと後悔《こうかい》することになるかもしれない。

だけど――

俺はぎゅっとボールペンを強く握った。

「もしも過去に戻るようなことがあったらさ。何十回でも何百回でも私に告白して。それで、私に青春を教えてね」


未来の由姫の言葉が頭に残っている。

もしかしたら、このタイムリープは、彼女の願いを叶《かな》えるためのものじゃないだろうか。

なぜ、中学三年生の冬に戻ったのか。それもちょうど、進路を決める日に。

その理由はきっと――

「やってやろうじゃねぇか」

気が付けば恐怖心は消えていた。

俺の心にあったのは、一つ。もう一度、彼女に会いたいという願いだけだった。

俺は進路希望調査票に書き殴るように高校名を記入した。

鈴原正修《すずはらまさおみ》。進学希望。

第一志望、七芒学園。

志望理由、嫁がいるから。

間話II　有栖川《ありすがわ》由姫《ゆき》との出会い《未来》

二〇二〇年某日。

「お願いします！　何卒、融資をお願いします！」

赤坂にある高級料亭の個室。

俺《おれ》の前にはハゲ頭をこすりつけて懇願《こんがん》する中年男がいた。

彼の名前は、有栖川重行《ありすがわしげゆき》。従業員二千人を超える大企業、アリスコアの社長だった
「そう言われましても、こちらも余裕があるわけではありませんので」

「三年以内に、必ず色を付けてお返しします！　ですから何卒！」

面倒なことになったと俺はため息をついた。

有栖川の会社、アリスコアは車の制御系部品を作る会社だ。有名な日本車メーカーに大量の部品を納入している。

彼の会社だが、ある問題をかかえていた。

それは、深刻な半導体不足。

コロナショックでリモートワークが増えたため、パソコンの需要が格段に増えた。

その結果、半導体の値上がり、品切れが続出した。自動車の制御系部品には当然半導体が使われているので、有栖川の会社も大打撃を受けることになった。

普段であれば、これぐらいのダメージ、耐えられる会社だ。しかし、タイミングが悪かった。アリスコアは三年前、増産のために大量の工場を建築したらしい。

自動車産業の回復の兆しをいち早く察知し、巨額の資金を投入したのだ。彼の予想通り、自動車産業は右肩上がりだった。

唯一、想定外だったのは、そのタイミングで深刻な半導体不足となったこと。

いくら需要が増えても、供給が追い付かなければ意味がない。

巨額の負債を抱え、資金繰《ぐ》りをしているらしいが、上手《うま》くいかないらしい。なんせ、ライバル会社である、俺のところに融資の依頼に来るくらいなのだから。

「何度頼まれても無理なものは無理です」

これ以上は時間の無駄《むだ》だ。俺が立ち上がろうとした時だった。

「ま、まってくれ。こちらもただでとは言わない」

「？」

有栖川は立ち上がると、隣の部屋に向かって言った。

「入りなさい」

部屋を仕切っているふすまが開き、隣の部屋から一人の女性が現れた。

そこにいたのはビジネススーツを着た銀髪の美女だった。

欧米……いや、北欧系だろうか？

白いまつ毛にサファイアのような瞳《ひとみ》。整った顔立ち。

歳《とし》は二十歳前後だろうか。

今まで見てきたアイドルが不細工《ぶさいく》に見えるほどの美人がそこにいた。

「娘の由姫《ゆき》です」

娘⁉

言ってはなんだが、全然似てない。そもそも、外国人だよな……。

でも、鼻の小ささや体型は日本人っぽいので、母親が外国人のハーフだろうか。

「はじめまして。有栖川由姫です……」

彼女は畳の上に正座をすると、深々と頭を下げた。

鈍《にぶ》く光る白銀の髪の毛。前髪の間から見える、宝石のような瞳。

しかし、その瞳の色は少し黒く濁《にご》って見えた。

「どうです？　可愛《かわい》らしいと思いませんか？」

「え、ええ。とてもお美しいですね……」

「でしょう！　鈴原《すずはら》さんもそう思いますか」

有栖川の鼻息が荒くなる。なんだなんだ？

「それで、何故《なぜ》、彼女を今紹介したのですか？　隣の部屋でご飯も食べずに待っていたようですが」

「あぁ、それはですね……」

有栖川はごまをするような動作をしながら言った。

「もしご融資いただけるなら、彼女の体を好きにしてかまいません」

「…………は？」

有栖川の提案に、俺は頭の中が真っ白になった。

「自分で言うのもなんですが、これほどの美貌の女はいくらお金を積んでも買えるものではないと思っています」

有栖川は由姫の背中をポンと押し、俺に顔を近づけさせる。

「…………」

恥《は》ずかしいのか、由姫は視線だけを横にそむけた。

俺の反応がいまいちだと思ったのか、有栖川は由姫の肩を叩《たた》くと
「由姫。そんな厚着をしていたら暑いだろう。脱ぎなさい」

「っ……」

「脱ぐんだ」

由姫はきゅっと下唇《したくちびる》を咬《か》んだあと、ゆっくりとコートを脱ぎ始めた。

「スーツもだ。この部屋は暖房が効いている。シャツだけで十分だろう」

「はい……」

暖房の効いた部屋にずっとコートを着たままの由姫は、大量の汗をかいていた。

「！」

そのせいで、汗を含んだシャツがぴったりとくっつき、彼女の胸の輪郭がはっきりとわかった。

下着の色は黒。それもかなり派手《はで》なものだった。勝負下着というのだろうか？　彼女の趣味ではなく、有栖川の命令でつけているのかもしれない。

「もちろん、男を知らん生娘《きむすめ》です。そういう風に育ててあります」

「っ……！」

由姫の顔が羞恥《しゅうち》で真《ま》っ赤《か》に染まる。

父親に処女だと言われる娘の気持ち。男の俺にはわからないが、とてつもない屈辱《くつじょく》というのは理解できた。

さすがに限界だった。これ以上、彼女に恥をかかせてたまるか。

俺は横に置いていたスーツを手に取ると、それを彼女に投げ渡した。

「アンタ、それでも人の親か？」

自分の娘を何だと思っているんだ、こいつは。

「もちろん、私も父親です。こんなことはしたくない。ですがこの子も会社のためならと了承してくれました。だから私は断腸の思いで……」

嘘《うそ》だ。俺は拳《こぶし》を強く握りしめた。

社長になってから色んな人間を見てきた。まだ若造の俺だが、目の前のやつがどんな人間なのかは見抜けるようになってきた。

この男は自分の娘を道具としか思っていない。

今すぐにでも、このにやけ面《づら》を殴り飛ばしたかった。だが、それをすればやつの思うつぼだ。

有栖川はわざと、嫌《いや》な人間を演じている。

もし、俺が暴行したら、それを示談の材料にし、先ほどの条件を飲めと言うつもりに違いない。

落ち着け。

深呼吸をし、血が上った頭が冷静になるのを待つ。

そうだ。断ればいいだけだ。こんな外道《げどう》の言う通りにしてたまるか。

「っ……」

だが、そこでふと考えた。考えてしまった。

もし、ここで俺が断れば、彼女はどうなるだろうか？


有栖川は別の会社にお願いに行くだろう。彼女を引《ひ》っ提《さ》げて。

そうなれば、やがて提案を呑《の》む者も出てくるだろう。

それだけ、彼女の美貌には魅力があった。


「…………………」

うつむいた彼女は捨てられた子猫のように体を丸めていた。

前髪の隙間《すきま》から見える彼女の表情はほとんどわからなかったが
「助けて」

そう言ってるように思えた。

「……少し考える時間をいただけますか」

一度、頭を冷やす時間が欲しい。

トイレに向かおうとする俺の横で、有栖川が醜悪な笑みを浮かべているのを見て、俺は奥歯を噛《か》みしめた。

＊　＊　＊

トイレから戻ると、有栖川の姿は無かった。

会計を済ませ、先に帰ったらしい。

だが、由姫は残っていた。店の入り口に、親を待つ子供のようにぽつんと立っていた。

「ええっと……有栖川さん……」

「由姫でいいわ……」

今にも消えそうな小さな声で、彼女は言った。

「じゃあ、由姫さん……えっと、一緒に帰らなかったのか?」

「『抱かれるまで帰ってくるな』って……」

「…………」

もう怒りを超えて呆《あき》れてきた。俺のうんざりとした顔を見て、由姫は申し訳なさそうに頭を下げた。

「ごめんなさい。あぁいう人なの。女は男を支《ささ》えるための道具って、本気で考えている人」

「あぁ、いるよな……。たまに」

老害。旧世代の遺物。いや、そんな言葉でさえ生温《なまぬる》い。あんなのはただの屑《くず》だ。

「ねぇ。なんで、断らなかったの?」

かすれるような声で、由姫が訊《たず》ねてきた。

「貴方《あなた》、最初は断るつもりだったでしょ？　だけど、寸前で思いとどまったみたいだった」

バレていたのか。俺は正直に答えることにした。

「もし、あそこで断ったら、君がもっと酷《ひど》い目に合う気がして……」

「……………。優しいのね……」

由姫は壁にもたれかかりながら、

「正解。もし、貴方が駄目《だめ》だったら、明日、中王銀行の沼倉《ぬまくら》さんのところに融資のお願いに行くつもりだったって」

「それは……。危なかったな……」

中王銀行の沼倉……。名前を聞いたことがある。銀行の重役で、女好きで有名な人だ。

融資する代わりに、売れないアイドルを喰《く》うのが趣味だとか……。別業界である俺の耳に届くくらいなのだから、間違いないのだろう。

「ひとまず今日はどこかのホテルに泊まってくれ。お金なら出すから」

タクシーとホテル代なら三万ほどあれば足りるだろう。俺が財布《さいふ》に手を伸ばそうとすると、
彼女が俺の背中に抱き着いてきた。

ふわっとした甘い香水の匂《にお》いが漂ってくる。

「ゆ、由姫……さん……？」

「お願い……。一人にしないで……」

彼女は震えていた。寒さのせいではない。俺の耳元で、今にも泣きそうな声で囁《ささや》いた。

「一人になったら私、きっと死んじゃうと思うから」

「…………………」

そこまで追い詰められていたのか。

俺は、タクシーを拾うと、由姫を先に乗せ、自分も乗り込んだ。

うちには、客人用の部屋が一室だけある。今日はそこに泊まってもらおう。時間を置けば、少しは落ち着くだろう。

「…………」

タクシーに乗っている間、彼女は一言も発することなく、ただ窓に映る高層ビルの光を眺めていた。

「お疲れ様でした。三二四〇円になります」

「カードでお願いします」

マンションについた俺達はエレベーターに乗る。由姫は俺の一歩後ろをついてきた。

「来客用の部屋が一つあるから、そこに泊まってくれ」

「ん……」

彼女はこくりと頷《うなず》いた。

自宅の鍵《かぎ》を開け、廊下の電気をつける。廊下に散乱した脱ぎ捨てられた自分の服を拾うと、客室用の小部屋の扉を指さした。

「あそこの部屋を使ってくれ。トイレはそっち。お風呂《ふろ》は……どうする？」

「シャワーだけ使わせてもらうわ。体、冷えちゃったし」

「了解。バスタオルは脱衣所にあるものを適当に使ってくれ」

「ん。ありがとう」

そう言って由姫は脱衣所に入っていった。

しゅるりしゅるりと服を脱ぐ音。そして、少ししてから、シャワーを浴びる音が聞こえてきた。

俺はソファに座って、ぼけーっと天井《てんじょう》を見ていた。

何故か異様に口にたまった唾液《だえき》をごくりと飲み込む。

こんなに緊張するの、いつぶりだろう。

女性経験は豊富とは言わないが、人並みにはある。付き合っていた彼女をこの自宅に呼んだことも何度もある。

しかし、彼女ほどの美人は初めてだ。そんな彼女がすぐそこでシャワーを浴びている。

手を出すつもりは無くとも、意識してしまうのだ。彼女の裸体を。

「はぁ。なに考えてんだ、俺は」

紅茶でも入れて、気を紛《まぎ》らわせよう。

暖房とホットカーペットをつけ、電気ケトルのスイッチを押した。

彼女のシャワーは意外と短かった。五分くらいだろうか。バスタオルで体を拭く音が聞こえてきた。

「ありがとう。さっぱりしたわ」

脱衣所の扉が開き、由姫が出てきた。

「そうか。ドライヤーは洗面所に……え」

その光景を見た瞬間、俺は手に持っていた紅茶パックの袋を落とした。


彼女は服を着ていなかった。


バスタオルを一枚。それも、少し動けばはだけてしまうような巻き方だった。

化粧も落ちているというのに、全然変わらない整った顔つき。

体が温《あたた》まって、体温が上がったのか頬《ほお》は少し紅潮《こうちょう》している。いや、頬だけではない。

普段見えない白い肌が、ほのかにピンク色に染まっていた。

「すけべ」

俺がまじまじと彼女の姿を見ていたのに気づいたのか、由姫はくすりと笑った。

「あ、ご、ごめん」

条件反射で謝ってしまったが、俺悪くなくないか？

そもそも何故服を着ていないんだ？

「ふ、服はどうしたんだ？」

「後で着るわ。だけど、今はいらない」

そう言って彼女はこちらに近づいてきた。バスタオルでくっきりと輪郭のわかる乳房がかすかに揺れる。

駄目だ！　見ては！　俺は咄嗟《とっさ》に両目を覆《おお》う。

「⁉」

目を閉じた俺に、彼女が近づいてきたのがわかった。

俺と同じシャンプーを使っているはずなのに、彼女からは甘い匂いがした。

とんと、彼女は俺をソファに倒すと、馬乗りになった。

何も穿《は》いていない彼女のお尻《しり》が、俺の下腹部に乗せられる。柔らかく温かい感触。不思議と重さは感じられなかった。

「私の初めて。貴方にあげる」

「⁉」

脳に直接電流を流されたようだった。

も、もしかして、本当に俺に抱かれようとしているのか⁉

「お、おい！　あんな父親の言う通りにする必要なんてないぞ」

「別に、あの人のためにするんじゃないわ。むしろ逆よ」

逆？　困惑する俺に、由姫はかすれた声で囁いた。

「貴方は融資をしなくていい。だけど、私を抱いてほしいの」

見ると、由姫の目には涙が溜《た》まっていた。

「初めてじゃなくなれば、私の価値は落ちるわ。そうすれば、もう私を使っての融資のお願いは出来なくなる」

「それはそうかもだけど……」

「それに、どうせなら初めては優しい人がいいもの」

涙をこぼしながら、彼女はくすりと笑った。

「貴方は私に同情してくれた。優しくしてくれた。だから、これはそのお礼……」

彼女の顔が近づく。キスをしようとしているのだろう。目を閉じた彼女の柔らかそうな薄桃色《うすももいろ》の唇が近づいてくる。

しかし、それが俺の唇に当たることはなかった。

「痛っ！」

こつんと俺と由姫の鼻が当たったのだ。

がっつりぶつかったので、鼻の骨が痛い。由姫も痛かったのか、涙目で鼻を擦《こす》っていた。

「ごめんなさい。初めてやったけど、キスって難しいのね……」

キスも初めてだったんかい。痛みのお陰で、吹っ飛びそうになった理性が戻ってきた。

俺はソファにかけてあった毛布《もうふ》を手に取ると、それを彼女に羽織らせた。

「ならなおさら、こんなところで使ったら駄目だろ。初めては好きな人にあげるべきだ」

「どうせ、そんなの叶《かな》わないわよ。結婚相手もどうせ、父さんが決めた人になるわ」

由姫は上着に顔をうずめ、大きなため息を吐《つ》いた。

「私の人生って何だったのかな……。うちの会社は倒産を免《まぬが》れたとしても、私以外の人が継ぐそうだわ。女の身でも上に立てるように、必死に頑張《がんば》ってきたのに、その結果がこれ。自暴自棄《じぼうじき》になる気持ちもわかるでしょ」

「…………………」

帰り際の有栖川重行の顔が脳裏によぎった。あの腹立たしい笑みを。

どうすればいい。

俺が彼に融資すれば、有栖川の思惑通りになる。

かといって融資を断れば、彼女が……由姫が不幸になる。

そうだ。ならば、いっそ……。

「なら、俺と結婚するか?」

「え」

きょとんとした顔で、由姫は硬直した。

「融資の条件を結婚にすれば、有栖川も断らないだろ」

「そ、それはそうだけど……。なんで、急に結婚なんて言葉が出てくるの⁉」

「いや、俺も母さんの早く結婚しろって、圧が強くてさ。ちょうど良いかなと思って。アンタも結婚すれば、あのクソ親父から解放されるだろ」

「そ、それはどうだけど……」

あまりのことに混乱したのか、彼女は顔を真っ赤にして、目を回していた。彼女の頬は裸を見られた時より紅潮している。

「少し状況を整理させて!」

由姫はそう言うと、すーはーと深呼吸を始めた。

「わ、私、今、プロポーズされてるの?」

「そうだな」

「そ、そっか……。わ、私……今、プロポーズされてるんだ……」

毛布で口元を押さえながら、彼女は呟《つぶや》いた。彼女の心臓が高鳴る音が聞こえるかと思うほど、ドキドキしているのがわかった。

「え。そんなに恥ずかしがるところ？」

「と、当然でしょ。プロポーズされたのなんて初めてなんだし……」

どうやら彼女にとっては裸を見られることや、貞操を奪《うば》われることよりも、プロポーズされることのほうが恥ずかしいらしい。

なんか、やっぱりちょっとズレてるよな、彼女。

「嫌だったか……？」

「い、嫌じゃないけど……。びっくりしちゃって……あぅ……」

彼女は毛布を被《かぶ》り、ミノムシのように丸まってしまった。

「大丈夫か？」

「大丈夫じゃない……。心臓苦しい……破裂しそう……」

丸くなった毛布からくぐもった彼女の声が聞こえてくる。

「よく考えたら、今までの行動全部恥ずかしくなってきた……。今すぐベランダから飛び降りたい気分……」

「やめて。事故物件になっちゃう」

しばらく待っていると、彼女は毛布の合間から亀のように顔を出した。

「ね、ねぇ、本当に私でいいの……？」

不安そうな表情で彼女は言う。

「私達、今日、会ったばかりよ。どんな性格なのか。趣味は何なのか。どんな食べ物が好きなのか。全部知らないのよ」

「あー。たしかにそうだな」

俺はこくりと頷いて、隣の部屋から座布団を持ってきた。そして、ソファに座っている彼女と向かい合うように座る。

「じゃあ、今から話そうか。夜はまだ長いんだし」

「い、今から⁉」

「うん。まずは自己紹介からだな。お見合いみたいな感じで」

「お見合い……」

彼女はしばらく黙り込んだあと
「…………ぷっ…………あはは……」

糸が切れたように彼女は笑い出した。

「待て待て。なんで笑う？」

「だ、だって、プロポーズの後に、お見合いって、順序が逆じゃない」

「え。それが理由……？」

どうやら、ツボに入ったらしい。そんな笑うところだろうか？

「ぷ……あはは……」

あまりにも笑い続ける彼女に、俺もつられて笑ってしまう。

「それじゃあ、改めて自己紹介から」

結婚してから数えきれないほど、彼女の笑顔を見ることになった。

だがしかし、一番可愛いと思ったのは、この時の彼女の笑った顔だった。

第二話 ♥♥♥ 二度目の高校生活

由姫《ゆき》と出会った日の夢を見た。

受験や面接など、大事な用事がある前日の夜、俺《おれ》は必ずと言っていいほど、夢を見る。

夢を見るのは、眠りが浅い証拠だと、昔、ＴＶ番組か何かで言っていた気がする。

無意識のうちに緊張しているのかもしれない。

「ふぁ……」

目覚ましのアラームを止めた俺は、ゆっくりと体を起こした。

良い夢だったなぁ。久々に由姫と会えた。目を擦《こす》りながら、俺はカーテンを開き、朝の光を全身で浴びる。

このままもう一度寝て、夢の続きを見たい気分だったが、そうはいかない。

「さて、行くか。もう一度、由姫に会いに」

なぜなら今日は、二度目の入学式なのだから。

＊　＊　＊

私立、七芒学園《しちぼうがくえん》は全国屈指の進学校だ。

質の良い授業。生徒の自主性を尊重した校則。

他にも資格取得の際には補助金や、海外留学の支援金が出たりと、優秀な人にとっては天国のような学校だ。

俺の家からは自転車なら一〇分。徒歩なら二〇分。

今日は時間に余裕があったので、徒歩で行くことにした。

生徒の大半は、電車通学なので、駅から歩いてくるのが多い。学校に近づくにつれ、生徒が多くなってきた。

今日は入学式なので上級生達は休み。全員が俺と同じ新入生だ。緊張している者。新たな生活に心弾《はず》ませている者、様々だった。

「それにしても、でかすぎんだろ……」

校門の前で俺は立ち止まり、これから通うことになる高校の大きさに息を呑《の》んだ。

受験の際に一度、訪れているので二度目なのだが、受験の時は緊張でそれどころじゃなかったので、こうしてじっくり眺めるのは初めてだ。

「入学生の皆さん。会場はこちらでーす。こちらの列に並んでください」

眼鏡《めがね》をかけた中年の学校主事が、メガホンを手に、案内係をしている。

体育館の近くに行くと、入学生の列ができていた。

「俺、中学は奈良《なら》だったからさ」

「まじ？　じゃあ高校から一人暮らし？」

先に並んでいる高校生達の会話を聞きながら、俺は列の最後尾に並んだ。

本当に俺、もう一度高校生をやれるんだな。

やばい。なんだか楽しくなってきた。こんなにわくわくするのは、いつぶりだろうか。

学生時代にやりたかったことはたくさんある。

せっかく二度目の高校生活を送れるんだ。やりたいことはなんでもやってやる。

「——と、その前にやりたくないことをやらないといけないんだった」

そう。俺は一つだけミスを犯してしまった。

「勉強やりすぎた……」

＊＊＊

「新入生代表、鈴原正修《すずはらまさおみ》」

「はい」

入学式。最前列に座っていた俺は、心の中で苦笑《にがわら》いを浮かべながら、立ち上がった。

なんで、俺、新入生挨拶《あいさつ》なんてやってるんだろ……。

タイムリープ前の俺も、頭は良い方だった。大学も偏差値の高い国立だったたし、全国模試で百番台を取ったこともある。

しかし、あくまで秀才止まりだ。

七芒学園の入試は全国の学年主席が集まる魔窟だ。

はじめは、所詮は高校入試だろ？　我、大人ぞ？　センター試験を突破した猛者《もさ》ぞ？

東大、京大を目指しているレベルのやつらがゴロゴロいる。

と余裕を決め込んでいた俺だったが、七芒学園の過去問を見て、白目を剝きそうになった。

それから俺は本気で勉強をした。睡眠時間は四時間。センター試験で培《つちか》った勉強法を活用し、受験対策をした。

そのお陰で合格することはできたのだが――

「首席合格は完全にやりすぎた……」

全力を出した結果、一位で合格してしまったのだ。

しかし、これは目立つなぁ……。

俺の胸につけられた、黄金《おうごん》の七芒星の形をしたバッジがキラリと光った。

七芒章。学力至上主義をうたう七芒学園は、首席、次席、三席には、それぞれ金、銀、銅のバッジが与えられるらしい。

これを付けている生徒は学食が無料。参考書を学校の経費で買ってもらえるなど、様々な恩恵を受けられるそうだ。

進級試験のたびに、七芒章は付け替えられる。入学試験でトップだった俺は、一年首席ということになっているらしい。

目立ちたくは無かったのだが、来年までの我慢《がまん》だ。

「ほう。彼が今年の首席か」

と、壇上に向かう際、来賓《らいひん》の中年男が二人、俺を品定めするような目でひそひそと話していることに気づいた。

「眼鏡をしてないねぇ。私の時はみんな目が悪くなるまで勉強をしたよ」

「年々、レベルも落ちてきてるらしいしねぇ。これも少子化のせいかね」

「少子化もあるが、なにより最近の若者はガッツが足らんよ。ガッツが」

んだてめぇら。昭和生まれの親父がよぉ。

俺がどれだけ苦労して合格したと思ってんだ。勉強しすぎたせいで、しっかりコンタクトだよこの野郎。

無難にこなそうと思っていたが、少し驚かせてやるか。

壇上に立った俺はこほんと咳き込むと、持ってきたカンペを取り出すことなく話し始めた。

「本日は私たちのために、このような盛大な式を挙行していただき、誠にありがとうございます。新入生を代表してお礼申し上げます」

そして、俺は左端に並ぶ来賓たちのほうを向くと
「また、お忙しい中ご臨席いただきました、ご来賓の皆様に厚くお礼を申し上げます」

と言い、深々とおじぎをした。

「長い歴史があり、由緒正しいこの学園の第六十九期生として、入学の日を迎えられたことを大変嬉《うれ》しく思います」

今度は右にいる教師達のほうを見る。

「これから私達は七芒学園の生徒として、責任ある行動を心掛けていきます。学友と共に自己研鑽《けんさん》に励み、夢に向かって努力をする所存です。校長先生をはじめ、先生方、先輩方、どうか温かいご指導をよろしくお願いいたします。以上を持ちまして、新入生代表挨拶とさせていただきます」

俺は最後にもう一度、九十度のお辞儀《じぎ》をした。

シンと静寂が訪れた後、まばらな拍手が始まり、そして会場全体が拍手で埋め尽くされた。

「すっげぇ……」

「まじで俺達と同じ高一かよ……」

淀みなく、カンペも無しに喋《しゃべ》り切った俺に、全員が驚いていた。俺の悪口を言っていた来賓の男たちも、口をぽかんと開けている。

株主総会での社長挨拶に比べたら、全然プレッシャーを感じなかった。まぁ、失敗してもペナルティゼロなんだから当然か。

「！」

壇上から降りる時、二列目に座っている俺の嫁と目が合った。

有栖川《ありすがわ》由姫。

彼女の胸には銀の七芒章がつけられていた。つまり、彼女は次席合格していたのだ。

さすが俺の嫁！　と一瞬思ったが、あれ？　ということは、タイムリープ前は彼女が首席……。つまり、本来、彼女がやるはずだった新入生挨拶を奪《うば》う形になってしまったのか？

「次は負けないから」

彼女の横を通り過ぎる際、彼女がぼそりと呟《つぶや》いた気がした。

＊　＊　＊

入学式の後、クラス分けとオリエンテーションがあった。

「っし！」

クラス分けの表を見た俺は、心の中でガッツポーズをした。

由姫と同じクラスだったからである。

俺は窓際の前から三番目。由姫は教室の中央の最後尾だった。

隣の席だと更に嬉しかったが、そこまで願うのは高望みというものだ。

「はい。それでは明日からよろしくお願いします」

担任の笠間《かさま》先生の挨拶が終わり、今日は解散となった。

明日からは通常授業が始まるという。

「ねぇねぇ、鈴原くん。メルアド交換しよー」

配られた入学生ガイドをぺらぺらとめくっていると、女子が二人話しかけてきた。

「え」

突然話しかけられ、面食らった。

ルックスと雰囲気からして、明らかに一軍女子だ。

たしか、篠崎《しのざき》と小林《こばやし》だったたか。自己紹介の時、そう名乗っていた気がする。結構可愛《かわい》いなと思っていたから、印象に残っている。

俺が面食らっているのを察したのか、篠崎は慌てて
「私らね、クラスみんなのメルアド交換しようと思ってるの。せっかく同じクラスになったんだからさ。全員と仲良くなりたいじゃーん？」

嘘《うそ》だ。

もし、クラスメイト全員のメアドを交換したいなら、なんで一番遠い俺のところに、真っ

先に話しかけに来たんだよ。

それに、彼女達の目。社長になったばっかりの頃、合コンで積極的にアプローチしてきた女の子と同じ目をしている。つまり、そういうことだ。

つーか、学年主席ブランドすげぇな。

前の高校では、女子高生からメアドを聞かれるイベントなんて発生しなかったぞ。

可愛い女子高生のメアド……。要るか要らないかと言われれば、超欲しい。

だけど——

俺はパンと手を合わせると、残念そうな表情を浮かべながら
「ごめん。実は今日、携帯忘れちゃってさ。入学式の挨拶で緊張してたのかも」

「そっか。残念。というか、緊張してたのに、よくすらすら喋《しゃべ》れたね」

「てか、緊張してたんだ。ちょっと親近感湧《わ》くかも」

「明日は持ってくるからさ。その時はよろしく」

「あいあい」

よし。無難な感じで断ることができた。

可愛い女の子のメアドはたしかに欲しい。

だが、一番最初に欲しい女子のメアドは決まっているんだ。

俺はその女子の方を横目で見た。

「ねぇねぇ、有栖川さん。メルアド交換しよー」

篠崎と小林が、由姫のところへ行っていた。

それにしても現金なやつらだ。今度は次席の由姫か。クラス全員メルアド交換作戦はどこへ行ったのやら。

一軍女子は、同じ一軍同士で群れたがる。

容姿、学力共に揃《そろ》っている由姫は、一軍と認識されたらしい。

「銀髪とか初めて見た。すごいサラサラー」

「ハーフなんだよね。自己紹介で言ってたっけ」

小林が、由姫の髪を触ろうとする。

「触らないで」

由姫は小林の手を振り払うと、氷のような目で睨《にら》みつけた。

「え……あ、ご、ごめん」

思ったより強く拒絶されたのに驚いたのか、小林は顔を引きつらせて後ずさった。

「携帯なら持ってきてないわ」

「え。忘れたの？」

「忘れたんじゃないわ。勉学をする場に、不要ってだけ」

「へぇ。でも無いと不便じゃない？」

「別に」

帰り支度が済んだのか、由姫は鞄《かばん》を閉めると帰ろうとする。

「あ、ちょっと待って。ならさ、この後、一緒にカラオケ行かない？」

小林が慌てて引き留めた。

「カラオケ……？」

「そう。親睦もかねてさ。色々聞きたいこともあるし」

「行かないわ」

バッサリと切り捨てるように、由姫は首を横に振った。

「帰り道に娯楽《ごらく》施設への寄り道は、校則違反よ」

淡々《たんたん》とした冷たい声で、由姫は言う。

「校則違反って……別にそんなのビビんなくていいでしょ。バレなきゃ大丈夫だって」

「ビビるとかビビらないとか、そんな子供染みた理由じゃないわ。この学園の生徒として、決められたルールはしっかり守る。それだけよ」

「そ、そう……。じゃあ、また今度……」

彼女達はそそくさと教室を出て行った。

また今度と言っていたが、彼女達は二度と、由姫を誘わない気がする。

「なるほど……これは……なかなかだな……」

彼女達のやり取りを見ていた俺は、苦笑いを浮かべた。

これが十五年前の由姫。

彼女自身が黒歴史と言っていた理由もわかる。なかなかの拗《こじ》らせっぷりだ。

だけど、そんな彼女がデレた顔を見てみたいとも思った。

大人の由姫と違って、きっと落とした時の反応も違うはずだ。

「楽しくなってきた」

現在の好感度はゼロ。

攻略難易度は最上級。

俺の武器は一つのみ。

【成長した彼女のことをなんでも知っていること】

さぁ、二度目の青春を始めよう。

第三話　白薔薇姫《しろばらひめ》

入学式から一週間が経過した。

それから俺《おれ》はしばらくの間、由姫《ゆき》の観察をすることにした。

大人の由姫と、高校生の由姫。何が違うのか比べるためだ。

彼女はとにかくずっと勉強をしている。

誰《だれ》とも群れようとせず、授業が終わるとさっさと帰ってしまう。

由姫はこの休み時間も一人で黙々と数学の参考書を読んでいた。

もしかして、俺に負けたのがそんなに悔《くや》しかったのだろうか？

入学式で、「次は負けないから」と呟《つぶや》いていたのを思い出した。

「それにしても、絵になるなぁ……」

俺が一人でいたら、ただのボッチだが、彼女の場合、好んで一人でいるというのがわかる。

孤高《ここう》。一匹狼《いっぴきおおかみ》のような気高《けだか》さが彼女にはあった。

「あ、有栖川《ありすがわ》さん。ちょっと話があるんだけど、いいかな？」

一人の男子が由姫に声をかける。

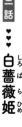

見覚えがないので、違うクラスの男子だろう。高身長で、やや馬面《うまづら》っぽいが、分類的にはイケメンだ。

由姫はちらりと彼の顔を見ると、教科書に視線を戻した。

「いいわよ。ここで話して」

「え……」

馬面イケメンの顔が引きつった。

「ここだとアレだから、二人きりで話をしたいんだけど……」

「教室の外に出なきゃいけないの？　なら、駄目《だめ》。今、二限目の予習してるから」

「そ、そっか。なら、時間を改めるよ。次の休み時間はどうかな？」

「駄目。三限目の予習をしているわ」

「なら、昼休みは……」

「ご飯を食べるから駄目よ」

「な、なら、放課後は」

「放課後は帰宅しないといけないから無理よ」

この瞬間、彼の心がぽっきりと折れる音が聞こえた。ふらふらとした足取りで、自分の教室へと帰っていった。

「なにあの態度」

「ちょっと調子に乗ってるよね」

「ね。告白され慣れてますって態度がうざいよね」

窓際最前列に集まった女子グループが、ひそひそ声で由姫の悪口を言っていた。

まぁ、彼女達の言うことももっともだ。

誰に対しても由姫の態度は、塩対応だ。

荒れた高校なら、生意気なやつだと、真っ先にいじめられているだろう。まぁ、由姫のことだから、いじめられたらやり返すだろうけど。

クラスメイトの男子達も、苦笑《にがわら》いを浮かべるしかなかった。

「あーあ。また犠牲者が出たよ」

「さすが白薔薇姫。容赦ねぇな」

そういえば、この一週間で一つ変化があった。

由姫に【白薔薇姫】という異名がついたのだ。

白雪姫のように美しいが、薔薇のように棘《とげ》がある。

だから白薔薇姫。誰がどんなつもりで付けたのかわからないが、その異名は一年生内で一気に広まった。本人もそれは知っているようだが、別に気にしていないようだった。

「さて、どうしよう」

そろそろ何かアクションを起こしたい。しかし、下手《へた》に話しかけるとさっきの男子の二の舞だ。

　どうすれば、棘に刺さらず彼女に触れられるだろうか。そんなことを考えながら由姫の方を見ていると、彼女の様子がおかしいことに気づいた。

「ん？」

　ずっと鞄《かばん》を探している。あの焦《あせ》り方、なんだったか……そうだ。デートで財布《さいふ》を忘れた時と同じ焦り方だ。

　ということは、教科書を忘れたのか。

　次の授業は世界史だから、斎藤《さいとう》先生か。たしか、生徒を名指しで当ててくるタイプの先生だ。

　教科書が無ければ、答えることが出来ない。

「…………………」

　おいおい。マジか。

　由姫のやつ、教科書が無いまま、授業を受ける気だ。

　開いているのは国語の教科書だ。バレないように偽装しているつもりだろうか。

　隣のやつに見せてもらえばいいのに。きっと彼女のプライドが許さないのだろう。

　俺は苦笑いを浮かべた。先生に当てられたら、もっと恥《は》ずかしいことになるのがわからないのだろうか。

　だが、これはチャンスかもしれない。

俺は世界史の教科書を鞄から取り出すと、彼女の机に置いた。

「え」

驚いた顔でこちらを振り向いた由姫の耳元で、俺は小さな声で囁《ささや》いた。

「忘れたんだろ。貸してやる」

それだけ言い残して、俺は教室の外へと向かう。

「ほらさっさと席に座れ。授業を始めるぞ」

お。ちょうどいいところに。斎藤先生が教室に入ってきた。

「鈴原《すずはら》。どうかしたのか?」

「すみません。ちょっと体調が悪いんで、保健室行ってきていいすか?」

「体調が悪い?」

斎藤先生が疑いの目で俺をじろじろと見る。サボりじゃないかと疑っているのだろう。

だが、胸に付けた金の七芒章《しちぼうしょう》がここでは役に立つ。

「そうか。行ってきなさい」

学年主席が、意味もなくサボりをするわけがないと思ったのか、あっさりと許可してくれた。

「さて。保健室で昼寝でもするか」

誰もいない廊下を歩きながら、俺は小さな欠伸《あくび》をした。

＊＊＊

「ちょっと来て」

次の休み時間。保健室から戻ると由姫に呼び出された。屋上へ続く階段の踊り場まで行くと、彼女はくるりと振り返り
「これ、何のつもり？」

由姫は怪訝《けげん》そうな表情を浮かべながら、俺が貸した教科書を突き返してきた。

「そこはとりあえず、ありがとうでいいんじゃないか？」

「別に頼んでないし。というか、体調不良って嘘《うそ》でしょ」

「まぁな」

さすがに由姫は騙《だま》せないか。

「それで、結局何が狙《ねら》いなの？」

彼女は警戒心を込めた目で俺を睨《にら》みつけながら、小さく首を傾《かし》げた。

「親切心だよ。困ってたから助けようと思って」

「嘘ね」

「なんで嘘だと思うんだ？」

「経験則よ」

由姫はうんざりした顔で頭を抱えた。

「中学の時からずっとこうなの。『助けたんだから付き合って』とか、『お返しにメールアドレス教えて』とか、私を助けてくれる人は皆、下心を持ってる人ばかりだったから」

なるほど。この時代の由姫が、他人を拒絶する理由が少しわかった。

俺はやれやれと首を横に振ると
「心外だな。そんなやつらと同じに思われるのは」

「貴方《あなた》は違うって言うの？」

「まぁ、下心があるか無いかと聞かれれば……ある」

「ほら、みなさい」

「むしろ下心しかないと言ったほうがいいな」

「………………」

由姫はガードを固めながら、一歩後ろに下がった。ナニモシナイヨ……？

「可愛《かわい》い女の子と仲良くなりたいっていうのは、男なら誰でも思うことだろ」

「呆《あき》れた。貴方はそういうのとは無縁の人だと思ってたわ」

由姫は俺の胸についている金の七芒章をちらりと見る。

「私と同じで、勉強に全力を注《そそ》いでいる人だと」

「高校生活はたった三年間しか無いんだ。遊びも恋愛も全部楽しまないと」

「そんな余裕ないわよ……」

ぼそりと由姫は呟いた。そして、面倒そうにため息を一つ吐《つ》くと
「わかったわ。じゃあ、さっさとして」

「え？　するって何を？」

「？　私に告白するんじゃないの？」

俺はずっこけそうになった。

「な、なんでそうなるんだ」

「違うの？　今までの男子は、いつもこれくらいのタイミングで告白してきたんだけど」

なにその神風特攻。

でもまぁ、そうか。男子中学生の告白なんて、ワンチャン狙いのやつが大半か。

「ちなみに参考までに聞きたいんだが、今、俺が『好きだ━。付き合ってくれ！』って告白したら、どうなるんだ？」

「もちろん断るわ。私、彼氏なんて必要ないし」

デスヨネ……。俺は苦笑いを浮かべながら
「じゃあ、まずは友達になってくれ」

と言った。

「友達？」

「あぁ。それくらいならいいだろ？」

「下心あるって言ってたのに？」

「そうだっけ？　忘れた」

「都合の良い記憶力ね」

「それに俺、告白するより、されるほうが好きなんだよな」

「じゃあ、一生私と付き合うことはないわね」

由姫はくるりと背を向けると
「貴方のことを好きになるなんて、絶対にありえないから」

と言って、教室に戻っていった。

ありえるんだな、これが。

あぁ……十数年後の彼女を見せてみたい。

どんな反応をするか、見てみたい。

寝室で甘えてくる彼女と、ツンツンしている彼女。顔は一緒なのに、その温度差はえらい違いだ。

あれ。というか、友達になってくれって話に、返事を貰ってないんだが。

「ふぅ……」

俺は階段の手すりにもたれ掛かると、天井《てんじょう》を仰《あお》いだ。

未来であれだけラブラブ夫婦になったんだ。ミラクルが起こって、彼女が俺に一目ぼれでもしてくれないかと思ったが、そんな都合のいい話は無いか。

「何十回でも何百回でも私に告白して。それで、私に青春を教えてね」


未来の由姫が言っていた言葉を思い出す。

あれは、高校生の自分が、俺からの告白に頷《うなず》くはずが無いと思っての言葉だったのだ。

今の俺は、彼女にとって、少し勉強が出来るだけのただのクラスメイトだ。

「そういえば、今日の六限目は学年集会か。ちょうどいい。面を拝みに行くか」

彼女を攻略するために必要な鍵《かぎ》となる人間。

それがこの学校にいるのを俺は知っている。

＊　＊　＊

御神静香《みかみしずか》。

未来の由姫の数少ない友人の一人だ。

由姫の一歳年上で、高校の生徒会で一緒だったそうだ。尊敬できる先輩だとよく自慢していた。

結婚後、時折家に遊びに来たり、由姫と一緒にランチに行ったりしていた。

長い黒髪で和服の似合いそうな、ザ・大和撫子《やまとなでしこ》な人だった。美しい人だなと見とれていると、隣の由姫がよく頬《ほお》を膨らませていたっけ。

全校生徒が集まった体育館。

今日の議題は、先週行われた生徒会選挙の結果発表と就任挨拶《あいさつ》だった。

七芒学園は少し特殊で、四月に生徒会選挙がある。

理由は、三年生が受験に集中できるようにするためだ。三年生は一切《いっさい》生徒会活動に関《かか》わらない。

主要職である、生徒会長、副会長、会計は二年生から、選挙形式で決定。

書記、広報、庶務は一年生が立候補形式で行うらしい。

つまり、二年生が責任の重い役職を担い、一年生はそのサポートという感じだ。

『それでは生徒会長就任挨拶を始めます』

癖《くせ》一つ無い長い黒髪を揺らしながら、ゆっくりとした歩幅で彼女は壇上に上がる。

そして全校生徒を見渡すと、まったりした声で話し始めた。

「このたび、生徒会長に就任させていただきました、御神静香です」

まだ高二なのに既に大人びて見える。御神さんは、あんまり変わらないな。

違いがあるとしたら、髪型くらいだろうか。未来では後ろ髪をまとめていたが、この時代は綺麗《きれい》なロングストレートだ。

就任挨拶が終わり、盛大な拍手が巻き起こった。

彼女は一年時の生徒会でも書記を務め、そのまま繰り上げで生徒会長になったらしい。生徒達からの信頼も厚いのか、彼女の就任に反対の意を唱えるような者は一人もいなかった。

彼女、この時代から凄かったんだな。由姫が尊敬するのも納得だ。

「さて、目当てのやつは出てくるかな」

由姫を攻略するために必要な人物。

それは彼女……ではない。

重要人物であるが、それ以上に由姫に影響を与えた人間が、この学校にいる。

由姫が青春を楽しもうとしない元凶となった人間。

それは

『では次に、前生徒会長の退任挨拶を行います』

三年生の最前列に座っていた長身の男子が立ち上がると、壇上へと向かっていった。

背は高く筋肉質。百九十センチ近くある。

髪は黒だが、肌の色や鼻の形は明らかに白人の血が混じっている。

顔の彫りの深い、海外系のモデルのようなイケメンだ。

「すご……」

「マジかっこよくない？」

彼が壇上に上がった途端、一年の女子生徒達がざわざわと騒ぎ始めた。

「…………………」

その中でただ一人、由姫だけが複雑そうな表情で唇を噛《か》んでいた。

「えー。退任挨拶の前に、一年生の皆さんに挨拶をさせてください。対面式の際は体調を崩してしまいまして、新入生の皆さんとは今日が顔合わせになるので」

彼はぽふぽふとマイクを叩き、人当たりの良い笑顔を見せると微塵《みじん》の緊張も無く、流暢《りゅうちょう》に話し始めた。

彼は由姫と同じ、青色の瞳《ひとみ》で俺達を見渡しながら、名前を名乗った。

「はじめまして。三年の有栖川優馬《ゆうま》です」と。

間話Ⅲ　有栖川優馬《ありすがわゆうま》《未来》

「あー。美味《おい》しかった」

タクシーから降りた由姫《ゆき》は、ゆっくりと体を伸ばした。

俺《おれ》達が結婚してから一か月が経過した。

家具の用意に結婚手続きなど、会社の繁忙期《はんぼうき》も合わさって、なかなか二人きりの時間が取れなかった。

今日は久々の休日ということで、二人でデートをしてきた。

彼女と一緒に歩くと、とにかく人の視線が凄い。

由姫の美貌はとにかく人の目を引く。俺と一緒に歩いているというのに、今日だけでモデル雑誌のスカウトが三人も話しかけてきた。

流行《はや》りの映画を見たあと、ショッピング。夕食は行きつけのイタリアンでコース料理を食べてきた。

ついでに、由姫がお酒に弱いことが判明した。下戸《げこ》というわけではないが、ワインを二杯ほど飲んだだけで、顔が真《ま》っ赤《か》になってしまった。

タクシーで帰るうちに冷めたようだが、まだほんのり顔に赤みが残っている。

「楽しかったか?」

「うん」

少し眠そうな顔で、彼女はこくりと頷《うなず》いた。エレベーターに乗ると、彼女のほのかな香水の匂《にお》いが鼻をかすめた。

ピンク色のつややかな唇《くちびる》。お酒のせいでとろんとした目に紅潮《こうちょう》した頰《ほお》。

「…………」

可愛《かわい》い。そして、色っぽい。

同居し始めてから、一か月が経過したが、いまだに肉体的関係は持っていない。

多忙だったせいもあるが、まだまだお互いのことを理解しきれていないからというのが大きい。

なんせ、普通のカップルが通る道をすべてすっ飛ばして結婚したのだから。

俺は彼女を初めて見た時から、惚《ほ》れている。

ただ、彼女の方はどうだろうか? 俺のことを好いてくれているだろうか?

家に帰ったら、そろそろ手を出していいか聞いてみよう。そう思いながら、エレベーターを降りた時だった。

「ん？」

俺達の部屋の前に知らない男が立っていた。

男は首を傾《かし》げながらインターフォンを押していた。

「んー。ここで合ってるはずなんだがな。留守か？」

高そうなコートに身を包んでいる年齢は俺達と同じか、少し上。

とにかく背が大きい。百九十くらいはあるだろうか。

念のため、由姫を一歩後ろに下がらせると、俺は彼に話しかけた。

「あの、何か用ですか？」

「お？」

大男はこちらを振り向くと
「やっぱり外に出かけてたのか。五年ぶり……いや、六年ぶりか？」

と、由姫の方を見て言った。

長髪のせいで横からはわからなかったが、ハリウッド俳優のようなイケメンだった。無精ヒゲだが、不潔そうな感じは一切《いっさい》ない。

彫りの深い顔に、きりっとした細い眉毛《まゆげ》。そして、彼の瞳《ひとみ》は、由姫と同じ青色だった。

「兄……さん……？」

由姫は震える声で、目を見開いた。

彼は有栖川優馬《ありすがわゆうま》というらしい。

由姫の実兄で歳《とし》は二歳上。

アメリカに住んでおり、日本にはほとんど帰ってこないそうだ。

兄がいたのか。兄妹については一切話さなかったから、一人っ子だと思っていた。

少なくとも、兄の方は全然そんな風ではなさそうだが。

由姫は不機嫌そうな表情で、優馬をずっと睨《にら》みつける。あれ？　兄妹仲が悪いのか？

「…………………」

「それで、何しに来たの？」

「日本に用事があったんだ。そのついでに、お前が結婚したって聞いてな」

優馬は俺をじろじろと見ると、にやりと笑い
「若いやつで良かったな。もっと脂《あぶら》ぎった親父かと思ったぜ」

と由姫の肩をぽんと叩《たた》いた。

「お前も苦労してんな。不本意な結婚なんかさせられて」

「不本意なんかじゃないわよ」

由姫は優馬の手を振り払った。

「私が決めたの。この人と結婚しようって」

「そうなのか？　昔は結婚とかする気ないって、言ってなかったか？」

「昔って、何年も前の話でしょ！　気が変わったのよ」

「まじか。コイツのことが好きなのか？」

「…………好きよ」

由姫は俯《うつむ》いて、口をもごもごさせながら言うと
「大好き。私を助けてくれた人……」

そして、優馬を睨みつけながら大声で叫《さけ》んだ。

「私は今、幸せなの！　今日のデートもすごく楽しかったんだから！　だから、一度とそんな憐《あわ》れみを込めた目で見ないで！」

優馬はしばらく呆然《ぼうぜん》としていた。

そして
「大好きか。お前が、そんな堂々と言うの、初めて見たぜ」

目を押さえながら、くくくと笑った。

「あー。今のを見られただけで、日本に来たかいがあったわ」

優馬は俺の肩をポンと叩くと、胸ポケットに何かを突っ込んできた。

「由姫をよろしくな。義弟くん」

それだけ言い残して、彼は手を振りながら帰っていった。

「なんなんだいったい……」

自由奔放《じゆうほんぽう》な人だな。真面目《まじめ》な由姫とは正反対の性格だ。

俺の胸ポケットに入れられていたのは名刺だった。

そこに書かれていた社名を見て、俺は驚いた。

「げ。お前の兄さん、凄い会社で働いているんだな」

クロスストリーマーズ。

動画配信をメインとしたアメリカの企業だ。いち早く動画配信ブームを察知し、様々なコンテンツを取り扱った無料動画サイトを公開。

サービス開始からわずか一年で、世界屈指の登録者数を誇る有名サイトに成りあがった。

「働いてるんじゃない。作ったの……」

「へ？」

由姫に言われ、俺はもう一度名刺をよく見る。

たしかに、名前の上に小さくPresidentと書かれている。

由姫の兄貴が、代表取締役で、クロスストリーマーズの創設者⁉

「だったら、アリスコアの融資もアイツに頼めば良かったんじゃ」

「兄さんは父さんと絶縁してるの。父さんは兄さんにアリスコアを継がせるつもりだったのに、兄さんはそれを拒否して、アメリカに行っちゃったからね」

なるほど。それで、俺のところへ融資のお願いに来たのか。

「由姫は兄貴のこと、どう思ってるんだ？」

「だいっっきらい！」

即答した彼女に、俺は面食らった。

由姫がこんなに子供っぽい怒り方をするのを見るのは初めてだったからだ。

「あの人、性格が終わってるの。女好きで、ヘラヘラしてて、他人を見下してて、私のこと、不器用だとか世間知らずだとか馬鹿《ばか》にしてくるし。誰《だれ》よりも努力しないのに、なんでも器用にこなせて」

由姫は今までたまった鬱憤《うっぷん》を吐《は》き出すように、喋《しゃべ》り続ける。

「中学生の頃、父さんに言われたの。『何か一つでも優馬に勝ってみろ』って。もし勝ったら、色々と強制される私の人生が何か変わるんじゃないかって。そんな淡い期待をしながら、学生時代ずっと頑張《がんば》ってきたのに……結局、一度たりとも勝てなくて……」

じわりと彼女の目に涙が溜《た》まっていくのがわかった。

「だから、二度と会いたくなかった……それに、こんな姿、貴方《あなた》に見せたくなかった……」

「…………………」

今にも泣きそうな彼女。

そんな彼女の手を引き、マンションの部屋の中に入る。

そして、その細く小さな体を俺は抱きしめた。

「ど、どうしたのいきなり」

「さっきの言葉、凄く嬉《うれ》しかった」

俺は彼女の耳元で囁《ささや》いた。

「俺のことが好きって本心？」

「う、うん……。この一か月で凄く好きになった」

「そうか」

俺はだんだん熱くなっていく彼女の体温を感じながら囁いた。

「過去のことなんか、どうでもいいよ。俺はここ一か月のお前しか知らないんだから」

彼女の兄へのコンプレックス。嫌《いや》な気持ち。それを全部塗りつぶしたかった。

「俺もお前が好きだ」

「そ、そう……。嬉しい」

緊張していた由姫の体の力が抜けていくのがわかった。

俺は彼女を離さないよう、抱きしめた腕の力を強める。そして、彼女の目を見て言った。

「抱いていいか？」

「？　もう抱いてるじゃない」

由姫はきょとんと首を傾げる。

そして、黙ったまま彼女の目を見続ける俺に、少し経《た》ってその意味を理解したのか、

「あっ……そ、そっち……？」とかすれるような声で言った。

抱きしめた彼女が、カイロのように熱くなっていく。

由姫は赤らめた顔を背《そむ》けながら、震える声で
「お風呂《ふろ》入ってからでいい？」

「駄目《だめ》だ。我慢《がまん》できない」

「い、いじわる……」

「ごめん。でも、可愛すぎる由姫が悪い」

一か月ぶりのキスは、ワインの香りと口紅のほのかに苦い味がした。

その日、俺は初めて彼女を抱いた。

ベッドで恥《は》じらう彼女は世界一可愛かった。

第四話　生徒会と志望理由

「ねぇねぇ、前生徒会長って、有栖川《ありすがわ》さんのお兄さんなの？」

全校集会の後の教室。

クラスの陽《よう》キャ女子グループの一人である篠崎《しのざき》が、テンション高らかに由姫《ゆき》に訊《たず》ねた。

「私の兄よ」

由姫は参考書に目を落としたまま、平坦な声で返事をした。

「やっぱりそうなんだー！　ねぇ、か、彼女とかいるのかな？」

「さぁ。今はいるかわからない」

「あー。やっぱりいる時もあるんだ。あれだけカッコいいとそうよね。いないなら立候補したかったんだけど」

「やめておいたほうがいいわよ」

ぼそりと由姫が呟《つぶや》く。「え？　なんで」と聞こうとした彼女達を無視し、由姫は教室から出ていった。

有栖川優馬《ゆうま》。

由姫いわく、優秀だが、超が付くほど性格が悪く、女好き。

とはいえ、俺《おれ》も彼について詳《くわ》しいわけではない。

会ったのも一回だけ。どんなやつなのかは、由姫から聞いた話でしか知らない。

今日の全校集会で挨拶《あいさつ》をしているのを見る限り、悪い感じはしなかった。

猫を被《かぶ》っているのか。それとも、由姫が盛っていたのか。

ただ一つだけわかるのは、彼がこの時代の由姫を攻略する鍵《かぎ》になるということだ。


「あの人に勝ちたくて、ひたすら頑張《がんば》った……。でも勝てなかった」


未来で彼女はそう言っていた。

由姫の話を聞く限り、兄の優馬は天才型だ。

対して由姫は秀才型だ。結婚してからわかったのだが、彼女は不器用なところが多い。

しかし、負けず嫌いな性格も相まって、膨大な努力をすることで、天才と並んでいるのだ。

遊びに誘っても乗ってこないのは、そんな時間が無いから。

天才の兄にどうやっても勝てないコンプレックス。

それを解消してやらなければ、未来の由姫が求めていた、楽しい高校生活など送ることは出来ない。

俺がまずやるべきこと。

それは、有栖川優馬に勝たせてやることだ。

＊＊＊

「ねぇ、本当に貴方《あなた》も生徒会に入るつもりなの？」

「あぁ。これからよろしくな」

放課後。生徒会室へ向かおうとする由姫の後ろを、俺は追いかけていた。

今日は生徒会で、二年生と顔合わせだ。

彼女が生徒会に入っていたことは、未来の由姫から聞いていた。

「ストーカー規制法って学校内でも適用されるのかしら」

「酷《ひど》いな。友達相手に」

「いつ私が貴方と友達になったの？」

「かの偉人は言いました。『友達とは、気が付けばなっているものである』と」

「誰《だれ》の言葉よ？」

「徳川家康」

「絶対言ってない！」

由姫はあきれ顔でため息を吐《つ》いた。

あらら。未来の由姫はこういうギャグを笑ってくれたのだがなぁ。

「まぁまぁそう言わず、友達少ない同士、仲良くしようぜ」

「貴方と一緒にしないで。と、友達くらいいるわよ！　この学校にいないだけで……」

いや、それ致命的では？

「同級生だと、話が合わないやつばっかりなの！　男子は仲良くしたらすぐに告白してくるし……女子は何して遊ぶだの、誰が好きだのくだらない話題ばかりだし。そのうえ、陰では他人の悪口を言ったり……。とにかく低レベルすぎて話が合わない」

「…………………………」

低レベルすぎて話が合わない……か。未来の由姫も言っていたな。

だが、後悔《こうかい》しているとも言っていた。

強がってないで、もっと友達を作ればよかったと。

この時代の彼女だって、一人は寂《さび》しいのだ。

その証拠に、彼女は「友達なんていらない」とは一度も言っていない。

「なら安心だな。俺は他人の悪口は言わないし、レベルの低い話もしない」

「今さっき、レベルの低い話をひたすらしていたのは気のせい？」

気のせいだろ。

「そういえば、前から思ってたんだけど」

由姫は階段の途中で立ち止まり、こちらを振り返った。

「この学校に入学する前、私とどこかで会ったことある？」

多分、昨年の十二月、隣町に続く橋で会った時のことだろう。

話したのも一瞬だったから、忘れられていると思っていたのだが、どうやらうっすらと覚えていてくれたらしい。

「もしかして、俺、口説《くど》かれてる？」

「はぁ？　なんでそうなるの？」

「いや、有名な口説《くど》き文句《もんく》だと思って」

「もういいわ。私の勘違いだと思うから」

由姫はため息を吐くと、また階段を上り始めた。

昨年の冬に会っていたことは、話さないほうがいいだろう。あの時、受験する高校を聞いてしまったから、ストーカーだと思われたら困るし。いや、実際ストーカーなんだけどさ。

「そういや、一つ疑問なんだが、なんで生徒会ってあんなに倍率高かったんだ？」

一年で生徒会に入れるのは三名だけだというのに、入会希望者は十七人もいたらしい。

こういう時、学力至上主義である七芒学園《しちぼうがくえん》は、席次が優先される。

首席である俺と次席である由姫。そして、第三席の新妻《にいずま》という女子生徒で決まったそうだ。

先生に聞いたところ、去年も学力上位三人が生徒会に入会したという。

生徒会の仕事なんて面倒なだけな気がするのだが。

「呆《あき》れた。貴方、特権も知らずに立候補したの？」

「特権？」

「七芒学園には、数か月に一度、ＯＢ会っていう、卒業生の中でも特に成功した人達を集めた懇親会があるの。大企業の社長だけじゃなくて、政界の大物も何人かいるそうよ。そして、現役《げんえき》の生徒会はそこに参加することが出来るの」

「つまり、生徒会に入れば、そういう人達とコネクションを作れるってことか」

「察しが良いわね」

たしかに。そういう人達と繋《つな》がりが出来るのは後々、大きなアドバンテージになる。

人との繋がりは金よりも大事。会社のトップに立って、身に染みたことだ。

「大企業への内定だったり、推薦状を書いてもらえたり。自分の夢が明確な人ほど、大きな助けになるの」

「ふぅん。有栖川は何か夢があるのか？」

「私は……」

由姫は言い淀んだ。

進学する大学も就職先もあのクソ親父に決められていた。

彼女には夢と呼べるものが無いのかもしれない。

恐らく、生徒会に入ろうと思った理由も、兄より優れた生徒会長になりたいからだろう。

「ちなみに俺の夢は可愛《かわい》い嫁さんを見つけること」

「そう。私以外で良い人がいるといいわね」

「可愛いって自覚あるんだ」

「うっさい」

由姫は早足で歩きながら、そう言った。

＊＊＊

「失礼します。本日から生徒会に入会することになりました。有栖川由姫です」

生徒会室に入ると、そこには二人の男女がいた。

一人は生徒会長である御神静香《みかみしずか》。

会長のプレートが置かれた窓際の机の前に座っており、なにやら書類を書いていた。

もう一人は眼鏡《めがね》をかけた男子だった。部屋の右隅にある会計と書かれたプレートのある机の前に座り、ノートパソコンを叩《たた》いていた。

ノートパソコンには色々なアニメのステッカーが貼《は》ってあり、一目でオタクということがわかった。

「あら早かったわね」

会長は顔を上げ、俺達の顔を交互に見ると
「ごめんなさい。理沙《りさ》……副会長がまだ来ていないの。だから、お茶でも飲んで待っていて」

彼女は直々《じきじき》にお茶を淹《い》れてくれた。紅茶の良い香りが生徒会室に漂った。

「ほら、そっちの椅子《いす》に座って」

「あ、失礼します」

由姫は俺から可能な限り距離を取ろうと、ソファの隅っこに座った。悲しい。

「あつっ……」

紅茶を飲んだ由姫が猫舌を発動していた。可愛い。

会長が淹れてくれた紅茶を飲みながら、改めて生徒会室を見渡す。

広さは普通の教室より少し小さいくらい。エグゼクティブデスクが六つ。

中央に大きなテーブルがあり、向かい合うようにソファが二つ。俺達が座っているのがそれだ。恐らく、来客時に使うのだろう。

壁には賞状。そして、歴代生徒会長の名前が書かれたプレートがずらっと並んでいた。

一番右には六十九代生徒会長、御神静香と書かれたまだ新しいプレートがかけられていた。

「お茶の味はどう?」

「美味《おい》しいです。わざわざ会長がやらずとも、次からは私達が……」

「いいのよ。お茶を淹れるの好きなの。それに私、あまり上下関係は好きじゃないから、そんなにかしこまらなくていいわよ」

会長は向かいのソファに座ると、優雅に紅茶を一口飲んだ。

そして、由姫の方に目を移すと
「有栖川ってことは、貴方、優馬先輩の妹さんね」

「はい……」

わずかにだが、由姫の表情が曇った。

「さすが兄妹ね。どちらも成績優秀なんて」

「いえ、私は次席で……兄は首席でしたから」

「席次なんて相対評価でしょう。貴方が劣《おと》っているという証明にはならないと思いますよ」

「は、はい……」

優しく話しかける会長に、由姫は少しほっとしたようだった。

どうやら、会長は由姫がコンプレックスを抱えていることに気づいたらしい。

未来でも由姫は彼女のことを姉のように慕っていた。きっとこれから二人は仲良くなっていくんだろうな。

「ごめん！　遅れた！」

生徒会室のドアが勢いよく開けられ、茶髪のサイドテールのギャルが飛び込んできた。ルーズソックスに踵《かかと》を踏み潰《つぶ》した上履き。カーディガンを腰に巻いている。

校則違反スレスレの短いスカートに、鞄《かばん》には大量のストラップ。肌は日焼けしており、やや褐色《かっしょく》。

未来ではほとんど存在しない、平成のギャルだ。

「理沙。五分遅刻ですよ」

「ごめんて。陸上部とサッカー部が揉《も》めてたから、その仲裁に行ってたの」

副会長の机の上に座ると、胸元《むなもと》を開け、手であおぎだした。

「陸上部とサッカー部……。グラウンドの使用権で揉めていたのですか？」

「いや、きのこの山か、たけのこの里、どっちが美味《うま》いかで喧嘩《けんか》してた」

きのこたけのこ戦争かよ。

「ゴディバのチョコの方が美味いよって言って黙らせたけどね」

反則だろそれ！　なんつー型破りな人だ。

「この子達が今年の一年生かー。あれ？　でも二人だけ？」

「あぁ、新妻さんですが、しばらく休学するとの連絡がありました」

休学⁉　まだ入学して一か月と経《た》っていないのに。

「いえ、先生から聞いたのですが、彼女は役者をしているそうです。本来、四月上旬に終わるはずの公演が、一か月延期になったそうで」

「へぇ、役者ですか……」

驚いたのは役者をしていることよりも、役者業をしながらうちの学校に第三席で合格したことだ。

「体調不良ですか？」

「いいんですか？　入学からいきなり休学するような人を生徒会に入れて」

「今の公演が終われば、学業に専念するそうなので、許してあげてください。お二人には負担をおかけするかもですが、私もカバーしますので」

「わかりました。私達だけでもなんとかしてみせます」

やる気をアピールするチャンスだと思ったのか、由姫は食い気味に頷《うなず》いた。

「つまりしばらくは二人っきりというわけか」

「気持ち悪い言い方しないで。というか、先輩達もいるんだから、二人っきりじゃないでしょ」

俺がぼそりと呟くと、由姫から冷静なツッコミが返ってきた。

「では改めて。自己紹介をしましょうか」

会長はパンと手を叩くと、背筋をピンと伸ばしお辞儀《じぎ》をした。

「六十九代生徒会長、御神静香です。自己紹介は生徒会選挙の時にしたので割愛しますが、気になることはなんでも遠慮せず、聞いてくださいね」

そう言ってにこりと微笑《ほほえ》む彼女の背には、後光がさしている気がした。

優しい声に菩薩《ぼさつ》のような笑顔。彼女が人気を集める理由がよくわかる。

「はい！　質問あります！　彼氏とかいますか！」

理沙と呼ばれたギャルがにやけ顔で手をあげた。

「はい。こちらのアホの子が副会長の下園《しもぞの》理沙です。じゃあ次は会計の……」

「ち、ちょっと、雑な自己紹介で終わらそうとしないで！　真面目《まじめ》にやるからぁ！」

副会長は慌てて会長に泣きついた。

「もうこれ以上悪ふざけしないと誓える？」

「それは無理。私から悪ふざけを取るって、カツカレーのカツ抜きみたいなもんだよ」

凄い自信だ。カツ無しでも十分に戦えるポテンシャルがあるぞ。

まったく……とあきれ顔の会長を押しのけ、副会長はウインクをすると
「はろはろー。副会長の下園理沙でーす。静香とは幼馴染《おさななじみ》で、小学校からずっと一緒。マジで超仲良し」

幼馴染。性格が真逆っぽい二人だから、驚いたとともに、二人が軽口を言い合える間柄であるのが腑《ふ》に落ちた。

「生徒会には今年から入ることになったので、仕事とかよくわかんないけど、まぁそこは才

能と有り余る人望でカバーしようと思います。ということだから、後輩諸君！　仕事についてはアタシ以外に聞くように！」

「…………………………」

隣を見ると、由姫が眉《まゆ》をひそめて、口をへの字にしていた。由姫が苦手《にがて》そうな人だもんなぁ。

会長は「まったく」と頭を抱えながら
「この子の扱いに困ったら、私に相談してね。二、三発叩けば直るから」

と黒い笑みを浮かべて言った。壊れたテレビかな？

そして、残るは最後の一人。

会計の椅子に座っていた眼鏡の男が、今日初めて口を開いた。

「会計の菅田望太郎《すげたぼうたろう》だ」

声しっぶ！

声優顔負けのバリトンボイスだった。

「おもしろいでしょー？　オタクのくせに無駄《むだ》に良い声もってるし」

副会長は大爆笑しながら菅田先輩の背中をバンバンと叩いていた。

彼も生徒会長と同じ、去年生徒会からの繰り上げだと選挙の時に言っていた。去年も会計を務めていたらしい。

「まぁ……なんだ……よろしく頼む」

そう言って菅田先輩は着席した。口下手《くちべた》な人なのかな。副会長とは正反対の人だ。

「それでは、一年生のお二人も自己紹介をお願いできますか」

どちらが先にやるべきかと考えていると、隣の由姫からつんつんとお腹《なか》をつつかれた。

俺から行けということらしい。

「鈴原正修《すずはらまさおみ》です。よろしくお願いします。えっと……何話そうかな……」

やばい。全然自己紹介の内容考えてなかった。

「えっと、先輩方から何か質問とかありますか？ それを答える形にしようかと……」

「じゃあ、はい！ 彼女はいま……ごぶっ」

副会長が何か言おうとしたが、それを会長が肘《ひじ》打ちで黙らせた。

あ。やっぱり会長がツッコミ役なんだ。

「そうですね。じゃあ、生徒会を志望した理由を聞かせて貰おうかしら」

笑顔のまま、ぐりぐりと副会長の腹に肘をねじ込みながら会長が言った。

「志望理由は……生徒会の仕事に興味があったからというのが大きいです。他にも自己研鑽《けんさん》の場にうってつけだと思いまして……」

ひとまず即席の嘘《うそ》で乗り切る。俺が適当に志望理由を並べていると
「呆れた。流れるように嘘をつくのね」

と、隣で由姫がぼそりと呟いた。

ふむ。じゃあ、本音を言ってやろうか？　どうせそのうちバレることだ。先に言ってしまってもいいだろう。

「……というのは建前《たてまえ》でして……」

「？」

俺はこほんとせき込むと、由姫の方をちらりと見て言った。

「本音は、有栖川のことが好きで、彼女と一緒にいたいからです」

生徒会の中が一気に静まり返った。

「な、ななななな………」

由姫の顔が徐々《じょじょ》に赤くなっていく。

俺だけが知っている由姫の秘密。

実は彼女は不意打ちに弱い。告白慣れしている彼女だが、それはすべてこれから告白されるのがわかっていた状態だ。

まさか、今、しかも生徒会の面々がいる中で告白されるとは思わなかったのだろう。

クールな彼女の顔が耳まで真《ま》っ赤《か》になっていた。

「あはははははは！　このタイミングで告るやつ、初めて見た！」

副会長は大爆笑していた。会長も驚いた顔で絶句《ぜっく》している。

「もしかして、今のが初告白？」

「いえ、この前しっかりフラれました」

正確には告白したらどうなるかって聞いただけで、言葉にした告白は今のが初めてだけど。

「既にフラれてたんだ。なのに諦《あきら》めてないの？」

「何事にも諦めないガッツがあるのが、俺の強みなので」

あれ？　なんか、就活の面接の自己ＰＲみたいになっちゃったぞ。

「合格！　つまんないやつだと思ってたけど、凄く好きになった！」

副会長は満足げな表情で、ぐっと親指を立てた。どうやらお気に召したらしい。

「困りましたね。私は別に不純でなければ、異性交遊はありだと思っているのですが、生徒会内での恋愛は初めてで」

「ちょっと待ってください！　私はこんなやつのこと、何とも思ってませんから！」

困り顔でオロオロし始めた会長に、由姫は慌てて訂正した。

「今はな」

「これから一生よ！」

由姫は近くにあった小冊子を丸めると、スパァンと俺の頭を殴った。やめて。馬鹿《ばか》になっちゃう。

「では、次は有栖川さん。自己紹介を」

「あ、は、はい」

その後、由姫の自己紹介があったが、しどろもどろだった。彼女のことだから、しっかりとした自己紹介を考えていたはずが、俺のせいで吹っ飛んでしまったらしい。

「後で覚えてなさい……」

由姫は涙目で俺を睨《にら》みつけてきた。ちょっといじりすぎたかもしれない。

「すごー。銀髪なんて初めて見た。髪、さらさらー」

副会長は由姫の元へ寄ってきて彼女の髪の毛を触ろうとする。

あ。やばい。猛獣に触ろうとする人を眺める気分だ。

しかし、由姫は怒らなかった。

いや、怒ってはいるが、行動に出さなかったというのが正しいか。

副会長は先輩なうえ、役職も上だ。流石《さすが》の彼女も我慢《がまん》していた。

なんというか、アレだな。うざい飼い主に撫《な》でられる時の猫みたいだ。

「去年もそうだったけど、今年は更に美少女揃《そろ》いだねー。アイドルデビュー出来ちゃうんじゃない？」

「あー。たしかに。みんな可愛くて方向性も違いますし、アリだと思いますよ」

「だよね！」

俺と副会長が盛り上がっていると、横で由姫がとがっくりした表情をしていた。

「私の想像していた生徒会と違う……」

第五話　迷子の少女

「び、ビニール傘が二百円……だと……？」

「それ、そんなに驚くところ？」

俺《おれ》と由姫《ゆき》は、学校の近くの百円ショップに来ていた。

会長からそれぞれ五千円札を渡され、

「生徒会の仕事を本格的に始める前に、まずは自分が仕事で必要だと思うものを買ってきて。あ。領収書はちゃんと切って貰《もら》ってね」

と言われたのだ。

「買い物行くの？　じゃあ、ついでにアタシのもお願い」

副会長からもついでにおつかいを頼まれた。そのメモの内容だが
袋入りキャンディ・チョコレートボックス・今週号のジャンプ。

「これ、本当に経費で落としていいのか？」

「お菓子《かし》はともかく、最後のは絶対ダメでしょ。無視でいいと思うわよ」

由姫はため息を吐《つ》くと、文房具コーナーへと向かう。

買い物をする由姫の姿は、未来の由姫と重なって見えた。

「シャーペンの芯《しん》は……こっちの二個入りのほうがお得ね」

意外かもしれないが、彼女は倹約家だ。

お嬢様で、会社の経営が傾《かたむ》くまでお金で困ったことなど一度も無いはずなのだが、彼女は買い物をする際、値段をかなり気にする。バーゲンセールがあれば飛んでいくし、半額シールの貼《は》られた総菜を迷いなく買い物かごに突っ込む。

何でなのか聞いたところ、母親譲りの癖《くせ》だそうだ。

彼女の家事スキルや料理の腕は全部母親から習ったものだと言っていた。

由姫の母親は、彼女が小学六年生の時に病気で亡くなったと聞いている。

ポーランド人で、いつでも明るい人だったと由姫は言っていた。

彼女が生きてくれていたら、由姫の人生はもっと違うものになっていただろうか。

「なにボーッとしてるの？」

ポンと、丸めたポスター用紙で、由姫に頭を叩《たた》かれる。

「いや、買い物慣れしてるなーっと思って」

未来の由姫の姿と重ねていたなんて言えない。俺は適当にはぐらかした。

「そりゃ慣れるわよ。うちの家、私が料理係だから」

「料理係？」

「私の家、母親がいないから、私が料理をしてるの。まぁ、父さんは外で食べてくるのが多いし、兄さんは味に文句《もんく》付けてくるから、最近は自分の分だけしか作ってないケド」

「味に文句？　あんなに美味《おい》しいのに？」

俺は由姫の手料理を思い出す。彼女の料理の腕は店に出してもおかしくないレベルだ。

あの兄貴、味覚バグってんじゃないか？

「？　食べたこと無いのに、何言ってるの？」

「え………あ」

やべ。うっかり未来の話をしてしまった。

「いや、イメージの話。有栖川《ありすがわ》料理が上手《うま》そうだからさ」

「私、そんなに料理が上手そうなイメージある？　まぁ、平均よりは上手い自信あるけど」

由姫はやや自慢げに呟《つぶや》いた。

「手作りのお弁当とか作ってきてくれたら、嬉《うれ》しいなー……なんて」

「なんで貴方《あなた》に作んなきゃいけないのよ。貴方に食べさせるくらいなら、その辺の犬に食べさせるわ」

「わんわん。手料理食べたいワン」

「貴方、プライドとか無いの？」

「その辺の犬に食わせた」

いつか彼女の手料理をまた食べたいものだ。

なぜか日本料理が上手なんだよな。特に牛肉のしぐれ煮とか、ブリ大根とか絶品だった。

「馬鹿《ばか》なこと言ってないで、貴方は買い物いいの？」

「あぁ。もう終わってる」

俺は手に持ったかごを彼女に見せた。

必要な文房具。副会長のお使いも既に終わっている。

「それじゃあ、さっさと戻りましょう。早く戻って、仕事が早いところをアピールしないと」

「じゃあ、先に帰っていてくれ。俺はちょっと家電量販店に寄ってから帰るから」

「家電量販店？　何を買うの？」

「ＵＳＢメモリ。データのバックアップに使いたい」

生徒会はノートＰＣが一人一台与えられるらしいが、それが壊れた時、学校側がデータを復旧してくれるかどうかわからないからだ。新しいＰＣを与えてはい終わりという可能性もある。

Ｗｅｂに上げるという手もあるが、元社会人として抵抗がある。容量の小さいドキュメントファイルばかりなら、この時代のＵＳＢでも大丈夫だろう。

「そう。じゃあ、先に学校に戻ってるわね」

「おう。また後で」

由姫と別れた俺は、近くの家電量販店へと向かった。

「あはは。レトロショップに来た気分だ」

容量が2GBしかないUSBメモリが売っていたり、古いゲーム機が最新機種として堂々と売られている。

こういう店に来た時、自分がタイムリープしたのだと実感する。

クラウドサービスも始まってない。通信速度も遅い。スマホや高スペックPCに慣れた身としては、なかなか不便だ。

「やべ。早く戻らないと」

買うものは決めているのに、ついつい店の中を探索してしまった。

買い物を済ませ、学校へ戻ろうとしていると、コンビニの駐車場から、女児が号泣する声が聞こえてきた。

なんだと思い見てみると、そこには大号泣する四歳くらいの幼女がいた。

それをなだめようとする買い物帰りの女子が一人。

「由姫⁉」

先に帰っていたはずが、まだこんなところにいたのか。

「ねぇ、お母さんは……」

「うわあああああああああああああああん！」

「おうちの方向、わかる？　お名前は……」

「うわああああああああああああああああ！」

どうやら迷子か何かだろうか。それにしても、全然泣き止《や》む気配がない。

「どうしよう……」

あまりにも泣き止まない女の子に、由姫は困った顔で唇《くちびる》を噛《か》んでいた。

他の通りかかった人達も、由姫が既に対応をしているからか、我関せずといった感じだ。

「その子、迷子なのか？」

「鈴原《すずはら》くん」

由姫は俺に気づくと、少しほっとした表情を浮かべた。一人で心細かったようだ。

「迷子みたいなんだけど、話しかけた瞬間に泣き出して……」

「どこか怪我《けが》しているのか？」

しかし、女の子の体に目立った外傷などは見当たらない。

俺は腰を下ろして彼女と目線を合わすと、優しい声で話しかけた。

「なんで泣いてるのかな？　どこか痛い？」

幼女は涙まみれの目で俺を見ると、小さな手で由姫を指差した。

「ゆきおんなこわいいいいいいいい！」

「ゆ、雪女⁉」

彼女が泣き止まない理由がまさか自分だったとは。想定外の理由に、由姫はショックを受けていた。

「ゆ、雪女……」

「なに笑ってるの……？」

「いや、な、なんでもない」

俺が必死に笑いをこらえていると、由姫がこめかみに青筋を立てていた。

たしかに。由姫は銀髪で肌の色も白い。雪女と勘違いしてもおかしくないか。

それにしても、白薔薇《ばら》姫に、雪女。俺の嫁、色んな名前を付けられすぎだろ。

まずは泣き止んでもらわなければ、話をしようがないな。

俺は鞄《かばん》からフルーツキャンディを幾つか取り出すと、手のひらにのせて幼女の前に差し出した。

「キャンディ食べる？　どの味が好きかな？」

「…………いちご」

半べそ状態のままだったが、キャンディは食べたいらしい。女の子は小さな手でキャンディを摑《つか》むと口に入れた。

「それ、副会長に頼まれていたお菓子じゃないの？」

「一、二個食べてもバレないって」

どうやら効果はてきめんだった。女の子はころころと口の中でキャンディを転がすと
「おいしい」

と微笑《ほほえ》んだ。あら可愛《かわい》い。

「そうか。良かった良かった」

俺は彼女の頭を優しく撫でながら、諭すように話しかける。

「このお姉ちゃんはね。雪女なんかじゃないんだよ」

「で、でも、かみもはだのいろもまっしろだよ……？」

「外国人って知ってるかな？　外国の人は髪の毛や肌の色が違ったりするんだよ」

「しってるよ。でも、おねえちゃん、ずっとにほんごしゃべってるよ。がいこくじんは、がいこくごをしゃべるんだよー」

「ぐっ……」

この幼女、レスバ強えな。

「私、日本人の血が混じってるし、日本語が喋《しゃべ》れるのはずっと日本にいるからで……」

「？　よくわかんない……」

由姫の説明が難しかったのか、女の子は唇を尖《とが》らせてうつむいてしまった。

ふむ。なら、ちょっと違うアプローチをしてみるか。

「雪女は体中が冷たいんだよね？」

「そうだよ」

「じゃあ、逆に体が温かかったら、雪女じゃないってことになるよね？」

「……うん」

「なら、触って確かめてみよう」

女の子の背を押して、由姫に触るよう促《うなが》してみた。

しかし、まだ怖いのか、女の子は俺の後ろに隠れてしまった。

「…………………………ふぇ……」

しゃーない。俺がまず実験台になるか。

「有栖川。ちょっと左手、借りるぞ」

「え……ちょっ」

ぎゅっと、俺は由姫の手を握って見せた。

「ほーら、冷たくない」

驚いた由姫の体が硬直するが、俺は構わず彼女の手を引っぱり、女の子の前に出してみた。

女の子はおそるおそる、ちょんと小さな手で由姫の手を触った。

「………………」

「ほんとだ。あったかい！」

彼女の顔に安堵《あんど》の色が映った。

「おねえちゃん、ほんとにゆきおんなじゃないんだ」

「だからずっとそう言ってるでしょ……」

「あ。よくみると、かおもしろくない。まっかだー」

「え……」

顔が赤い？　由姫の顔を見てみると、たしかに真っ赤《まか》だった。

なんでだろうと、と思ったが、その理由はすぐにわかった。

由姫は俺が触った手をもじもじさせていた。え？　もしかして、俺が手を触ったから、そうなったのか？

「さ、触るなら先に言いなさいよ。驚いたじゃない」

彼女は眉《まゆ》をひそめながら、ぼそりと呟いた。

この時代の由姫も、男の子に免疫が無いのは、変わらずだった。

未来で免疫ゼロだったから、当然と言えば、当然なのだが。

あぁもうなんだこの可愛い生き物。

＊＊＊

無事、誤解が解けた俺達は、女の子から色々情報を聞き出した。

名前は藤宮《ふじみや》あやか。歳《とし》は四歳だそうだ。

あやかちゃんは、お祖母《ばあ》さんと一緒にスーパーに買い物に来たそうだ。そこで一人で帰ろうとしたものの、道がわからなくなったらしい。

「なんで一人で帰ろうとしたの？」

「ひとりでかえって、ほめてもらいたかったんだもん……」

「な、なるほど……？」

もしかしてあれだろうか。一人でできたねって褒められるのが嬉しい時期なのだろうか。

お祖母さん、めちゃくちゃ心配してるだろうなぁ。

「携帯を持ってたらいいんだけど。さすがに持ってないわよね」

「さすがに四歳じゃなぁ……。子供用携帯も持ってないだろ」

ＧＰＳタグも、この時代ではまだ流通していないしなぁ。

「警察？　それともスーパーに行ってみる？」

「スーパーの迷子センターに行くのが一番良いんじゃないか」

きっとお祖母さんも、迷子センターに向かっているはずだ。

「じゃあ、スーパーに戻りましょ。どっちから来たかわかる？」

「わかんない……」

あやかちゃんは口をもごもごさせながら、首を横に振った。

「このあたりのスーパーというと、ダイカクか、ジャヌコだな。どっちもここから同じくらいの距離だ」

「どっちかわからないと動きようがないわね。違う方に行っちゃうと大変だし」

「なにか特徴があればわかるかも。今日行ったスーパーは、どんな感じだった？」

「んっとね。んっとね……」

あやかちゃんは少し考え込んだ後、

「ひとがいっぱいいた！」

と、どや顔で言った。

どっちも人がいっぱいいるねぇ。

「あと、おかしがいっぱいうってる！」

どっちもお菓子はいっぱい売ってるねぇ。

「あと、やさいうりばの、てんいんさんのおまたのチャックあいてた」

それはその場で指摘してあげてほしいねぇ。

駄目《だめ》だ。有益な情報が一つもない。

そもそも両方とも似たようなスーパーなんだよな……。違うのは駐車場があるか無いかくらいで……。

ん？　駐車場……。

「そうだ。お買い物に行く時、なにか乗り物に乗った？　電車？　それとも車かな？」

「くるまだよ。しろいブーブーにのった」

ビンゴ！　俺はパチンと指を鳴らす。

「ダイカクは駅のすぐそばだから、駐車場が無い。駐車場があるのはジャヌコだけだ」

よほどのことが無い限り、わざわざ駐車場の無いスーパーに行ったりしないだろう。

「あそこなら迷子センターもあるし、そこでアナウンスして貰えば見つかるんじゃないか」

「そうね。じゃあ、そこに向かいましょう」

というか、車で来たってことは、家まで結構距離があったんじゃないか？　それを徒歩で帰ろうとしたというのは、なかなかのガッツの持ち主だな、この子。

「そういえば、貴方、この辺りに住んでいるの？　ずいぶんと詳《くわ》しいみたいだけど」

「あぁ。隣町だから、毎日徒歩通学だよ」

「そう……。私の家は遠いから、うらやましいわ」

歩道が無く車も通る道のため、俺はあやかちゃんと手を繋《つな》いで、ジャヌコに向かうことにした。四歳児ということもあり、歩くペースが遅い。

俺だけなら歩いて十分弱だが、倍はかかりそうだ。

「ん……」

少し歩いたところで、あやかちゃんが足を止めた。

「つかれた。だっこ」

まじかよ。

「も、もう少し頑張《がんば》れないかな？」

「もうむり。てんにめされる」

「そりゃ困った」

難しい言葉知ってるな、この子。

見るとあやかちゃんは半泣きだった。また泣き出されても困る。俺はしぶしぶ彼女を抱っこすることにした。

百メートルほど歩いたところだろうか。あやかちゃんが眉をひそめながら
「おにいちゃん、だっこへた」

と不満をこぼした。

「ぐっ」

だって、小さい子供の抱っこの仕方とか知らねぇし。

「おんぶじゃ駄目?」

「おんぶきらい。おなかくるしい」

注文の多い子だな。あやかちゃんはすたっと地面に降りると、今度は由姫の方へ行き
「おねえちゃん。だっこして」

とせがんだ。

「え。わ、私?」

「うん。おにいちゃんやわらかくない。やわらかいのがいい」

そう言って、両手を広げて上目遣《うわめづか》いで由姫に抱っこをせがんだ。

「しょうがないわね……」

由姫はしぶしぶと言った感じで、あやかちゃんを抱っこする。さすがに少し重そうだ。

「ど、どう?」

「うん。おにいちゃんより、ちょっとやわらかい」

ちょっとかい。

「わ、悪かったわね。貴方のママみたいに胸が大きくなくて」

由姫は苛立たしげな顔で、あやかちゃんを抱きしめた。

未来ではEカップの彼女だが、高一の時点ではせいぜいBカップだ。

「むー」

あやかちゃんは体をもぞもぞさせて、体が楽になる抱っこポジションを探ろうとする。

「ちょ、あんまり動き回らないで」

由姫はくすぐったそうに、体をよじらせた。

そういえば、未来の由姫もくすぐったがりだったっけ。特に鎖骨あたりが弱くて、指先で撫《な》でると可愛らしい反応をするんだよなぁ。

そんなことを思ってると、なんだか悶《もだ》える由姫がエロく見えてきた。

＊＊＊

「あやかちゃん！」

ジャヌコの迷子センターに行くと、心配げな表情の初老の女性が椅子《いす》に座っていた。

彼女はあやかちゃんを見た瞬間、がたっと立ち上がって駆け寄ってきた。

お祖母さんと言っていたが、かなり若い。まだ五十代くらいだろうか。

綺麗《きれい》な服に真珠のネックレス。ザ・マダムという感じの上品な女性だった。

「本当にありがとうございます。この子、どこにいましたか？」

「ここから歩いて一〇分ほどのコンビニの駐車場にいました」

「え!?　なんで、そんなところに……」

「一人で帰るつもりだったみたいで」

さすがのお祖母さんも絶句《ぜっく》していた。店の中で迷子になっていた子が店の外、しかも一キロ近く離れたところにいるんだもんな。

さぁ、感動の再会だ。俺はあやかちゃんの背をぽんと押した。

存分にお祖母ちゃんの胸に飛び込むがいい。


「おばあちゃん！　あやかね！　ひとりでコンビニいけた！」


全員がずっこけた。

こ、コイツ！　迷子になったことを無かったことにして、一人でコンビニに行ったという方針にシフトチェンジしやがった！

なんという面《つら》の厚さだ。でも、可愛いから叱《しか》れない。恐ろしい子！

この子は将来、大物になる気がするぜ。

「全くこの子は……」

お婆さんは苦笑《にがわら》いを浮かべながら、あやかちゃんを撫でたあと、俺達の方を向くと、

「お二人とも、本当にありがとうございます」

と深々と頭を下げた。

「いえ、当然のことをしたまでですから」

「あら、貴方達、七芒生《しちぼうせい》なのね」

「ええ。この春から高校生になりました」

「あらあら。カップルなの？」

「はい」『違います！　ただのクラスメイトです」

俺がこくりと頷《うなず》くと、由姫はそれをかき消すように大声で否定した。

「あら、複雑な関係ってやつなのね」

と、お婆さんは俺達の胸のバッジを見ると
「二人ともとても頭が良いのねぇ」

と、感心するように言った。

どうやら、彼女は七芒章のことを知っているようだ。

「詳しいんですね」

「まぁね。昔は色んなイベントで関《かか》わったりしていたから……」

彼女は昔を懐かしむような顔で、ぼそりと言った。なんだろう。彼女の子供が七芒学園に通っていたのだろうか。

「そうだ。せめてお礼に何かご馳走《ちそう》させて。甘いものは好き？　若いんだから、好きよね？」

「え、いいえ、大丈夫です」

「遠慮しないでちょうだい。私、この子と一緒に席を取ってくるから。二階のフードコートに来てね」

俺達の遠慮する声も届かず、彼女はあやかちゃんを連れて行ってしまった。

「困ったわね。早く学校に戻りたいのに……」

「まぁ、急いで食べれば大丈夫だろ」

「そうね。ジュースでもご馳走になって、さっさと戻りましょう」

そんな会話をしながら、俺達はフードコートに向かったのだが。

ドン。

フードコートに行くと、大きなパフェが二つ、置かれていた。一番高いジャンボパフェである。

「あ。来た来た。ほら、おなかいっぱい食べて！」

あやかちゃんのお婆さんは、満面の笑みで、手招きをしていた。

「なんで年配者って、若者にたくさん食べさせたがるのかしら」

「自分がたくさん食べられなくなったから、代わりに食べてほしいんじゃないかなぁ」

かくいう俺も、三十近くなると牛丼の大盛りがきつくなって、新卒の子がモリモリ食べるのを見るのが楽しみになったりしたから、気持ちはわからんでもない。

とりあえず、俺達はジャンボパフェの前に座った。あぶねー。若くて良かった。大人の俺なら、胸やけを起こす量だ。

「うま……うま……」

あやかちゃんが隣の席でクレープを食べていた。食べるのが下手《へた》すぎて、顔も手も生クリームでべったべただ。可愛い。

「あぁもうこの子は……。ナプキンを取ってくるわね」

お婆さんは苦笑いを浮かべながら、席を立った。

「私達もさっさと食べて帰りましょう」

「あ、あぁ」

小さい口でぱくぱくとパフェを食べ進める由姫を横目で見ながら、俺もスプーンを手に取った。ん。待てよ。

よくよく考えると、これ、カップルっぽくね？

学校終わりに女子とフードコートで買い食いをする。タイムリープ前の高校ではなかったイベントだ。

「貴方、気にならないの？」

「え。な、なにが？」

やべ。変なこと考えてたのバレたか？　と焦《あせ》ったが、どうもそういうことではないらしい。

「私といると……その……好奇の目で見られるでしょ」

「え……。あぁ……」

言われてみてやっと気づく。

周りの客が、ちらちらと俺達の方を見ていたのだ。

由姫の容姿はどうしても目立つ。歩いていれば、必ず二度見をされる。

彼女の言う通り、未来で結婚した後、この視線には頭を悩まされた。

特に男からの視線が痛い。なんでお前みたいなやつが、そんな美人と結婚できたんだよ、と。

だがしかし人は慣れるもので、次第に気にならなくなっていった。男たちの嫉妬《しっと》の視線には、うらやましいか？　妬《ねた》ましいか？　というドヤ顔で返すくらいには、図太《ずぶと》くなっていた。

「まぁ俺、あんまりそういうの気にしないタチだし」

「ふぅん……。意外と肝《きも》は太いのね」

「それに、見られてるのは俺じゃなくてお前だろ。お前こそ大丈夫か？」

「なに。貴方、もしかして心配してるの……？」

ぽかんとした表情で、由姫は動かしていたスプーンを止めた。

俺がこくりと頷くと

「心配いらないわ。子供の頃からだし、もう慣れたわ」

と体を左右に小さく揺らしながら、言った。

お。どうやら喜んでくれたようだ。

由姫は機嫌が良いと、体を左右に揺らす癖があるのだ。喜んだ犬が尻尾《しっぽ》をぶんぶんさせるようなものである。

そして、それを本人は自覚していない。

「そういやさっき、あやかちゃんが携帯を持っていたらって話が出たじゃん」

「そうね」

「俺達もそろそろ連絡先を交換しないか？」

俺は携帯を取り出して、準備万端というポーズを取る。

由姫はしばらく考えたあと、ぷいと横を向いて

「嫌《いや》」

と子供のような声で言った。

「なんで？」

「だって貴方、生徒会以外のどうでもいいことでメールとかしてきそうだもの」

それをお前が言うか。と俺は苦笑いを浮かべた。

未来の由姫と俺。連絡手段はＬＩＭＥを使っていたが、連絡の頻度は由姫の方が多い。俺の三倍くらいはある。

それも、『可愛い猫の画像を見つけた』とか『お気に入りのスイーツを見つけた』とか、割とどうでも良い内容を四六時中、送ってくる。

まぁ、それも可愛いんだけどさ。

「それに私、学校に携帯を持って来てないから」

「…………………………」

前にもそう言っていたが、本当にそうだろうか？

由姫は馬鹿真面目《まじめ》だが、準備をおろそかにしないタイプでもある。

非常事態が起きた時に備えて、彼女が携帯を持っていないとは思えないのだ。

ちょっとカマをかけてみるか。

「有栖川。携帯持って来てるだろ」

「？　なんでそう思うの？」

「だって、さっき鞄が振動していたからさ。多分電話の着信があったんじゃないか？」

「え。嘘《うそ》。私たしかに電源を切って…………あ」

そこまで言って、由姫は自分がはめられたと気づいたらしい。

わなわなと震えると
「だ、騙《だま》したわね……。そういうところ、ほんとどうかと思うんだけど！」

「ブーメランって知ってるか？　投げると戻ってくるやつだ」

「ぐっ……」

由姫は顔を真っ赤にしながら黙り込んでしまった。

「おにいちゃんたち、けんかー?」

と、クレープを食べ終えたあやかちゃんが、俺達二人を交互に見ながら聞いてきた。

「そうだね。痴話喧嘩《ちわげんか》だよ」

「チワワげんかー?」

「なに子供に変なこと教えようとしてるのよ!」

由姫は大きなため息を吐くと、観念したように鞄から、白い折り畳み携帯を取り出した。

「どうでも良いメールは無視するからね」

「うっす。メールは必ず精査してからお送りします」

こうして俺は由姫の連絡先を手に入れた。

由姫はメアド交換に慣れていなかったので、後ろで画面を見ながらやっていたのだが、俺の連絡先名を『迷惑電話』で登録していた。酷《ひど》い。

第六話　二人きりの放課後

生徒会の仕事の一つに、生徒会新聞の作成がある。

この学校の新聞は二種類あり、新聞部と生徒会が発行している。

新聞部の新聞は、スクープやエンタメに特化した娯楽《ごらく》雑誌という感じだ。

保管されていたバックナンバーを見ていると、教頭がヅラであることをすっぱ抜いた記事があった。やりたい放題すぎる。これで良く発禁かからなかったな。

対して生徒会が発行するものは、これからの学校行事予定や、卒業生インタビューなど、真面目《まじめ》な内容が多い。

これを一か月に一度、作らなければならない。

「えっと、ここをこうして……よし。見栄《みば》えが良くなった」

俺《おれ》はＤＴＰソフトを使い、来月の生徒会新聞を作っていた。由姫《ゆき》が記事を書き、俺がＰＣで作成するという役割分断だ。

由姫の書いた記事はまぁ、面白《おもしろ》みは無いが、誤字脱字の無い、読みやすい文章だった。ただ時折、難しい言葉を使いたがる傾向があったため、そこはちょちょいと修正しておいた。

「よし。これで完成っと」

プレビュー画面を確認後、俺はエンターキーを叩《たた》いた。

ソフトが古いせいで手間取ったが、学生レベルとは思えないものが出来上がった。

「うん。二人とも流石《さすが》ね。初めてとは思えないわ」

プリントした生徒会新聞を会長に見せると、少し驚いたように目を丸くしていた。

そりゃ、元社会人ですから。資料作成はお手の物です。

会長はとんとんと資料をまとめると
「それじゃあ、私は帰るけど。鍵《かぎ》閉めお願いしていい?」

「あ、はい。私はもう少し仕事をやっていきますから」

「張り切るのはいいけど、ほどほどにね」

会長が帰り、俺と由姫の二人だけになる。

生徒会に来る頻度だが、副会長は来たり来なかったりの気分屋だ。

彼女の仕事は、揉《も》め事の仲裁や生徒の悩みを聞いたりするもののため、暇《ひま》な時は色んな部活に混ぜて貰《もら》って遊んでいるらしい。

菅田《すげた》先輩は毎日来るが、必ず十七時には帰る。定時退社の鬼だ。

今日も仕事をさっさと終わらせて、いつの間にか消えていた。

一番長くいるのが生徒会長で、大抵は最後まで残っている。今日は珍しく仕事が早く終わったのか、俺達より先に帰ってしまった。

なので、生徒会室で由姫と二人きりになるのは初めてだ。

「貴方《あなた》は帰らないの？　仕事はもうないでしょ」

「あー。まぁ、帰ってもやることないし。有栖川《ありすがわ》が終わるまで待つよ」

「別にいいのに」

由姫はそう言うも、それ以上は何も言ってこなかった。

彼女のキーボードを叩く音が、静かな生徒会室に響き渡る。

窓から夕陽《ゆうひ》が差し込み、由姫の銀色の髪に溶けて光る。その光景を、じっと眺めていた。

「ねえ、ずっとこっち見てるのなんで？　気が散るんだけど」

俺の視線に気づいたのか、由姫が不機嫌そうな顔で言ってきた。

「いや、可愛《かわい》いなと思って」

「かっ……」

ストレートに答えた俺に、由姫は一瞬顔を赤らめると、

「はいはい。そういうの、誰《だれ》にでも言ってるんでしょ」

とあきれ顔で言った。

由姫の事を可愛い可愛いと無意識に言ってしまうのは、未来の俺の癖《くせ》だ。

だって本当に可愛いんだもん。

「誰にもは言ってねぇよ」

「本当？　中学の時からそんな感じで女の子を口説《くど》いていたんじゃないの？」

「いや、中学の時は彼女はいなかったな」

「そう……。全敗だったのね……。ご愁傷《しゅうしょう》様……」

急に由姫の目が優しくなった。

あれ？　もしかして、ナンパしまくって全部フラれた可哀そうなやつだと思われてる？

＊　＊　＊

「よし。終わったわ」

夕陽も半分以上落ち、暗くなり始めた頃、由姫は完成した資料にざっと目を通した後、PCの電源を落とした。

「おー。お疲れ様」

俺はやることも無かったので、適当にネットサーフィンをしていた。

「何を見てるの？」

資料を棚に戻そうと、俺の後ろを通りがかった由姫が、訊《たず》ねてきた。

「ん？　トゥイッター」

未来でも色々と有名なＳＮＳサービスだ。去年日本でサービスが始まったばかりで、ユーザーはそれほど多くは無いが、あると便利ではある。

「トゥイッター？　何それ」

由姫は知らないのか、小さく首を傾《かし》げた。この時代じゃまだ有名じゃないもんな。

「リアルタイムで情報が共有される掲示板って言えばいいかな。これから流行すると思う」

「ふぅん。貴方、ＰＣに詳《くわ》しいのね。生徒会新聞を作る時も、すごく手慣れてたし」

お。感心してくれているのだろうか。

少しは見直してくれかもしれない。真面目に仕事やって良かっ……

「貴方のことだからえっちなサイトでも見てるんだと思った」

全然見直してくれてなかった。

あれ？　俺のイメージ、そんな感じなの⁉

「エロサイトか……。さすがに、隣に女子がいる状況で見る勇気は無いな」

「一人でも見るな馬鹿《ばか》。ウイルスでも入ったら、大問題になるわよ」

「安心しろ。そこは長年培《つちか》った経験で、ウイルス対策はばっちりだ。スパイウェア、トロイの木馬、なんでも来いだ」

「貴方がＰＣに詳しくなった理由がわかった気がするわ」

由姫はあきれ顔でため息を吐《つ》いた。そして

「そういえば、兄さんも似たようなの見てたっけ」

と呟《つぶや》いた。

「それで、そのトゥイッター？　で何が出来るの？」

「情報共有とか宣伝とか。有名なニュースがすぐに入ってくるから、色々便利だぞ」

「ふぅん。携帯電話でも見れたりするの？」

「携帯では……まだ無理だった気がするな」

たしか来年あたりにガラケー用のトゥイッターアプリがリリースされた覚えがある。

ちょっと調べてみるか。そう思い、ＰＣのモニタに目を向けた時だった。

『西横線《せいおう》、車両故障で運転見合わせ。マジだるい』

という呟きがタイムラインに流れてきた。

西横線は、この学校の最寄り駅の電車だ。

「どうしたの？」

「西横線が運転見合わせだって」

しかも、この学校の最寄り駅から二駅先で起きたようだった。

俺は徒歩なので大丈夫だが、由姫は電車通学だ。

「そんなこともわかるの？」

「偶然、俺のフォローしてる人が呟いてた」

「復旧見込みとかわかる？」

「さぁ。でも、一、二時間は動かないんじゃないか」

時刻は十九時半過ぎ。もうすぐ強制下校時刻だ。

もう少し早い時間なら、生徒会室で時間を潰《つぶ》すこともできたのだが。

「仕方ないわね。瀬田《せた》線なら動いているんでしょう。少し歩くけど、池端《いけはた》駅まで歩くわ」

由姫はため息を吐きながら、鞄《かばん》を背負った。

「池端駅か……」

たしかに。ここからなら三十分ほど歩けば、池端駅にいける。

ただ、あの駅の周りは治安が悪いエリアなんだよな……。

夜になれば、不良学生がたむろしていたり、悪質なキャッチやナンパ狙《ねら》いの男がたくさんいる。

そんなところに由姫を一人だけ行かせるのは……。

生徒会室の鍵を閉め、学校を出る。学校にはもうほとんど生徒は残っていないようだった。

「なぁ、やっぱ西横線の復旧を待たないか？」

「待つって、駅で？　いつ復旧するのかもわからないのに？」

「じゃあ、時間つぶしにカラオケとか」

「寄り道は校則違反でしょ」

「じゃあ、俺の家とか」

「い、行くわけないでしょ」

デスヨネー。

「貴方さっきから変よ。どうしたの？」

「いや、だってあの駅の近く、治安が滅茶苦茶悪いからさ。危険だと思って」

「貴方の家にホイホイついていく方が危険だと思うんだけど」

なんてこった。ぐうの音も出ない正論だ。

何か他に良い案が無いか考えていると、いつも別れる十字路に来てしまった。

「それじゃあ、また明日」

そう言って、俺の家と反対の方向へ歩き始めた。

「……………………」

あぁ！　やっぱり不安だ！　俺はUターンをすると、由姫を追いかけ、横に並んだ。

「ちょっ。なんでついてきてるの？」

「いや、不安だから送っていこうと」

「ストーカーって、こうやって生まれるのね。勉強になったわ」

「有栖川、池端駅に行ったことないだろ？　ほら、俺、この辺りの道詳しいからさ」

「携帯のGPSアプリを使うから大丈夫よ。ほら！」

由姫は携帯の画面を俺に向ける。ただ、画面は真っ黒だ。

「電源。落ちてないか」

「え。あれ」

由姫は電源ボタンを長押しするが、携帯はうんともすんとも言わない。

どうやら、充電が切れているらしい。携帯をあんまり使わないから、充電切れにも気づかないんだろうな。

「ここに充電不要の人間ＧＰＳがおりますが、いかがでしょう」

「……………」

由姫は少し悔《くや》しそうな顔を浮かべたが、背に腹は代えられないと思ったのか
「貴方が勝手に着いてきてるだけだから、お礼とか言わないからね」

と口を尖《とが》らせた。

むしろ俺の方がお礼を言いたいくらいだ。可愛い女子高生と二人きりで夜の街を歩くとか、金を払わないと無理だし。

駅の方に向かうにつれ、人が多くなっていく。住宅街が終わり、飲み屋や風俗店などが増えてきた。

「貴方の言う通り、たしかに治安が良いとは言えないわね」

「だろ？」

俺たち以外、学生はほとんどいない。キャッチや飲みに行くサラリーマン。デート中のカップルにガラの悪いチンピラ。

由姫は目を細めて、きょろきょろと辺りを警戒していた。

彼女の銀髪は傍目からもとても目立つので、周りの大人達の視線が全部彼女へと向けられているのがわかった。

「ねぇ君、モデルに興味ない？」

由姫の前に細身のスーツを着た男が立ちふさがった。

読者モデルのスカウトマンだろうか。

「可愛いね。顔は日本人っぽいから、クォーターか、ハーフかな？　その制服、七芒学園《しちぼうがくえん》でしょ？　頭もいいんだねー」

男は胸ポケットから名刺を取り出し、由姫に押し付けようとする。

「安心して。撮影は女のスタッフがやるから。こっちの用意した服着て、写真撮るだけ。時間は二時間もかからないし。報酬は一万円なんだけど、君なら倍の二万円出せるよ。どう？」

「いえ、その……」

「今日忙しいなら、別の日でもいいからさ。学生なら土曜とか日曜の方がいいかな？」

スカウトマンの男は延々《えんえん》と喋《しゃべ》り続ける。

未来の由姫は「興味ないです」とバッサリ切り捨てて無視するのだが、この時代の由姫はまだそこまで断り慣れていないようだった。

助けた方が良さそうだな。

俺は由姫の手をぎゅっと握ると

「すみません。彼女の親、そういうのに厳しい人なんで」

とっさに嘘《うそ》をつくと、人の少ない裏道へと向かった。こちらからでも駅に行けたはずだ。

「もう大丈夫だから手、放して」

「あ、あぁ」

手を離すと、由姫は俺が引っ張った自分の手をじっと見ながら、何か考え込んでいた。

「有栖川？」

「え。な、なに？」

「いや、急にぼーっとしてたから。もしかして、モデルやりたかった？」

「別に。そういうわけじゃないけど」

未来の由姫はモデルとか興味ないと言っていたが、この時代の由姫は違ったのかもしれない。

でも、たとえ健全な読者モデルだとしても、写真を撮られたりするのは嫌《いや》だな。

「多分この道なら、スカウトマンもいないと思……」

そこまで言って、俺はあることに気づいた。

「やべ……」

俺達の前には、怪しく光るピンク色のネオンサインが描かれたホテルが何軒も並んでいた。

この裏路地、ラブホ街じゃね？

スカウトマンから逃げるためとはいえ、俺は由姫の手を引いてこの道に入ってしまった。

連れ込もうとしているようにも見えなくもない。

由姫が騒ぎ出す前に、先に言っとくか？　そんな保身を考え始めていると
「変な色のホテルね」

と、きょとんとした表情で由姫が言った。

「…………………へ？」

まさか、ラブホを知らないのか？

いや、概念は知っているかもしれないが、これらがラブホテルだと認識していないのかもしれない。

「なに驚いているの？　私、何か変なこと言った？」

「え、いや、その……」

「もしかして、ホテルじゃない？　でも、ホテルって書いてあるわよ」

由姫は一番近くにあった、紫色のネオンが光るラブホを物珍しそうに眺めていた。

「オールイン……店の名前みたいだけど。オールインって、あれよね。ポーカーとかで所持

チップ全額をベットする時の言葉よね」

たぶんそのオールインと、隠語的な意味とで掛けているんだろうな。

「普通のホテルとは違うのかしら。なんだか狭そうけど……」

「えっと、子供は入れないホテルというか……」

「子供は入れないホテル……？　騒いじゃ駄目《だめ》ってこと？」

「いや、逆に騒いでいいというか、どったんばったん大騒ぎするホテルというか……」

「？？？？？？？」

何を言ってるんだコイツという表情で、由姫は俺を見てくる。穢《けが》れていない純粋な目をしている。見ないで。そんな綺麗《きれい》な目で俺を見ないで……。

「僕ちゃん達、学生は入っちゃダメだよー」

と、中年のおじさんと若い二十代くらいの女性が手を繋《つな》ぎながら、俺達の横を通り過ぎ、ホテルの中へと入っていった。

「子供が入っちゃダメって言うのは本当みたいね。今の二人、夫婦かしら？　夫婦にしては年がだいぶ離れてそうだったけど……」

由姫はぶつぶつと呟きながら、推理を始めた。

これだけの情報が集まれば、さすがの彼女も気づくだろうか。

「…………………………っ！」

由姫の髪がピンと逆立ったかと思うと、顔が熟《う》れた林檎《りんご》のように赤くなった。

ようやく理解したらしい。

「ふ、不潔！」

「なんで俺が怒られるんだよ。俺、何もしてないぞ」

「そ、それはそうだけど……」

由姫ははっと顔を上げると、あわあわした表情で俺を指差し
「ま、まさか、さっき手を引いたのって、私をここに連れ込む気じゃ……」

「違う違う！　マジで偶然！」

俺は慌てて弁明を始める。

「偶然入ったところに偶然ラブホがあっただけ！　あれ？　自分で言ってて苦しいぞ。この言い訳」

「なに一人で会話してるのよ」

由姫はまだ疑ってはいるものの、ひとまず納得してくれたようだった。そして、鞄を背負い直すと
「早く駅に向かいましょう。こんなところで貴方と二人でいたなんて、噂されたら……」

俺と由姫が付き合っているという噂が流れるのはまぁ、満更でもない。

ただ、ラブホに行っていたという噂を流されるのは困る。そんなことになれば、教師から

の説教案件だ。

まぁ、こんなところで知り合いに会うなんて、そうないと思うけど。

「あれ。由姫じゃん」

俺達の歩く方向にあったラブホテルの玄関から出てきた男が、彼女の名前を呼んだ。

黒髪に白い肌。すらっとした長身と筋肉質な腕。

「に、兄さん……」

有栖川優馬《ゆうま》だった。

この前の全校集会で挨拶《あいさつ》をしていた時と、雰囲気が全然違う。

未来で会った時と同じだ。整った容姿やカリスマオーラはそのままだ。しかし、優等生感が完全に消えている。

髪はオールバックにし、首には金色のチェーンを巻いている。チャラい芸能人のようなファッションで、一瞬、別人なのかと思ったほどだ。

「あら、優馬の知り合い？」

彼の後ろには外国人のブロンズ美女がいた。背の高い二十代の女性だ。

「ん？　あぁ、俺の妹。俺に似て、顔だけは良いっしょ」

ブロンズ美女の腰に手を回しながら、優馬は由姫を指差した。

雰囲気だけではない。喋り方も、学校で見た時と全然違っていた。未来で会った時のイメージに近い。

「まだちょっと早いけど、コイツ送って帰るわ。今日は楽しかったよ」

「ん。私も。こんなに激しかったの久しぶり」

優馬はブロンズ美女の顎《あご》を引き寄せ、キスをした。

「なっ……」

ラブホから出てきたからやっぱりと思ったが、そういう関係か。

間近で見ていた由姫は驚きのあまり、魚のように口をパクパクさせていた。

「それじゃあ、また夜に電話するね」

「ん。あぁ、またな」

優馬は駅の方へ向かうブロンズ美女に手を振り終えると、急にテンション低めの声で
「あーだる。一回寝たくらいで彼女面《づら》すんなよな」

とボリボリと髪をかきむしった。そして、由姫の方を向くと
「お前、なんでこんなとこにいんの？」

「西横線が運転見合わせしているから、こっちの駅まで歩いて来たの」

「嘘つくな。こんな裏道、通らねぇだろ。もしかして、興味が出てきたのか？」

「兄さんと一緒にしないで。表通りに変なスカウトマンがいたから、こっちに来たの」

由姫はキッと優馬を睨《にら》みつけると
「それより、今の人……。この前会ってた女の人と違うけど、前の人とは別れたの？」

「前って誰だっけ？　美咲《みさき》？　いや、晴香《はるか》だっけ……つか、さっきのは彼女じゃないし」

「彼女じゃない……？」

「そ。英会話教室のセンセ。オフっていうからさ。試しに遊んでただけ」

優馬はあっけらかんと言う。

「遊んでたって……今出てきたところ……ら、らぶ……」

「ラブホな。そう騒ぐことじゃねぇだろ。男と女がいたら最後にたどり着くところだよ」

優馬は由姫の頭を雑に撫《な》でると
「いつも言ってるけどさ。そういうガキっぽいところ、直した方がいいぜ」

と馬鹿にするように言った。

「っ…………………！」

由姫の顔が怒りで真っ赤《まっか》に染まる。

「んだよ。顔真っ赤じゃゃん。あ、もしかして、俺らのキス見て照れてんのか？　相変わらず免疫ねーな。いきなり彼氏作れとは言わねーけどさ。まずは男友達を作るところから始めてみたらどうだ？」

「……わよ……」

「え？　なんだ？　声が小さくて聞こえねぇよ」

「お、男友達くらいいるわよ！」

それを聞いた優馬は哀れみを含んだ声音で、くくくと笑い
「お前って昔からそうだよな。見栄張《みえは》ってバレバレの嘘をつく」

「嘘じゃない！　今日も彼と一緒に帰ってたんだから」

由姫がぐいっと俺の腕を引く。

「……………マジ？」

ようやく俺の存在に気づいたのか、優馬の視線がこちらへと向いた。

「ふぅん」

俺を値踏みするかのようにじろじろと見た後
「はじめまして……かな？　俺、コイツの兄の優馬」

とやけに丁寧《ていねい》に挨拶してきた。

「鈴原正修《すずはらまさおみ》っす。元生徒会長ですよね。離任挨拶で見ました」

優馬は俺の金の七芒章をちらりと見ると
「ってことは、今年生徒会に入った学年主席って、お前？」

「はい」

「へぇ。友達っつーことは、休みの日、一緒に遊びに行ったりする仲なのか?」

「それは……」

「まだだろうな」

優馬はにやにやしながら俺の背中をポンと叩くと、由姫の方を振り返り
「由姫。生徒会で会うだけのやつは友達とは言わねぇぞ? 生徒会が一緒なだけの同級生って言うんだ」

「っーーー!」

図星を突かれ、由姫の顔が真っ赤に染まる。

なるほど。こうやっていつもからかわれてきたのか。由姫が優馬のことを嫌っている理由が理解出来てきた気がする。

「や、約束してるわよ……」

「あ?」

由姫はぷるぷると震えながら、涙目で優馬を睨みつけ、叫《さけ》んだ。

「今度のゴールデンウィークに、一緒に遊びに行くって約束してるの!」

俺は絶句《ぜっく》した。

嘘だ。

そんな約束なんてしていない。

「…………………。って言ってるけど、どうなんだ？」

優馬の疑惑の目が俺へとむけられる。

「っ！」

その後ろで由姫が涙目でキッと睨みつけてきた。話を合わせろってか。

俺は声が裏返らないよう、こほんと咳《せき》ばらいすると
「本当ですよ。今度一緒に映画を見に行く予定なんです」

と嘘をついた。

「マジか？　由姫のやつ、『映画とか興味ない』って断ると思うんだが」

「何度も断られましたよ。恋愛ものは興味ないとか、アニメ映画は子供っぽいとか。選ぶのが大変でした」

「ふぅん」

こんな雑な嘘で大丈夫か？　とっさに出た、映画を見に行く約束をしたという言い訳。

優馬の目はまだ疑っている風だったが、ふぅと息を吐くと
「いやー。悪かった悪かった。そうだよな。まだ入学して一か月だしな。これからか」

とあっけらかんと言った。

「しっかし、ＧＷは混むと思うぜ？　他のデートスポットを教えてやろうか？」

「で、デートじゃない！　ただの男友達だって言ってるでしょ！」

「はいはい」
優馬は由姫の大声に怪訝《けげん》そうな表情を浮かべた後、俺の肩をポンと叩くと
「鈴原クンだっけ？　ちょっと耳貸して」
彼女に聞こえないような小さな声でぼそりと言った。

（嘘つきに合わせるのは大変だな）


俺の頬《ほお》を汗が伝った。

バレてら。まぁ、そりゃバレるよな。

優馬がこれ以上追求しなかったのは、そっちのほうが面白そうと思ったからだろう。

ヴーッ。ヴーッ。

と、優馬の携帯が音を鳴った。

「お。柚希《ゆずき》ちゃんか。やべ。そういや、約束してたんだった」

優馬は駅の方へ歩き出した。

「それじゃあな。二人とも遅くなる前に帰れよ」

「遅くなる前に帰れって、自分のことは棚に上げて……」

由姫はぶつぶつと呟きながら、だんだん小さくなる優馬の背中を眺めていた。

「あのさ。さっきの休日に遊びに行くってやつだけど」

「あ、えっと、あれは……その……」

慌てる由姫に俺はくすりと笑うと
「この前俺が誘ったの、覚えててくれたんだな」

と嬉《うれ》しそうに言った。

「はぇ？」

なんのこと？という顔をする由姫。

「先週の放課後だったかな。『ＧＷに一緒に映画でも見に行かないか』って誘ったじゃん。無視されたから、ずっと断られたものだと思ってた」

「え、えっと……」

もちろん嘘だ。そんな提案はしていない。

だが、このチャンスを逃す手はない。

彼女のついた嘘をそのまま利用させて貰おう。俺は心の中で悪い笑みを浮かべたのだった。

間話Ⅳ　白薔薇姫《しろばらひめ》の後悔

「やっちゃった……」

自宅に帰ってきた私は前のめりに布団《ふとん》に倒れ込む。

そのまま枕《まくら》に顔を当て、大きなため息を吐《つ》きだした。

ムキになると、後先を考えずに言ってしまう。私の悪い癖《くせ》だ。

そのせいで、アイツと遊びに行くことになってしまった。

悪いのは兄さんだ。相変わらず私のことを馬鹿《ばか》にして、子供扱いしてくる。

遊びに行くこと自体は嫌《いや》じゃない。私だって勉強より遊ぶほうが楽しい。

だけど、そんな時間は私にはない。そんなことをしていては、兄さんに勝てない。

「なんで私、兄さんに勝てないんだろ……」

寝返りを打ち、天井《てんじょう》を眺めながら私はポツリと呟《つぶや》いた。

必死に頑張《がんば》っているのに、遊びまわっている兄さんに勝てない。兄さん曰《いわ》く、私は不器用らしい。

私も才能で劣《おと》っているのはわかっている。それでも、負けたくない。

私は壁に掛けられた制服に付いている銀色の七芒章《しちぼうしょう》をちらりと見た。まずはあれを金色にするところからだ。

中間試験ではトップになってみせる。

そのために、アイツに勝たないと。私はベッドから飛び起きると、机に座り参考書を開いた。

そういえば……。

今日は一つ、驚いたことがあった。

アイツが兄さんの本性を見ても、全然驚かなかったところだ。

学校では真面目《まじめ》で通しているから、皆びっくりするんだけど。まるで兄さんの本性をあらかじめ知っていたかのようだった。

「…………………」

私がアイツのことが苦手《にがて》な理由。

それは兄さんと似ているところがたくさんあるからだ。

すぐにふざけるところ。

私のことをおちょくろうとするところ。

どんなことでも器用にこなすところ。

女好きでエッチなところ。

でも、兄さんと決定的に違うところが一つだけある。

「アイツ、なんだかんだ、優しいのよね」

私が教科書を忘れた時に、貸してくれた。

迷子の女の子を助ける時も、まず女の子の誤解を解《と》こうとしてくれた。

今日も駅までわざわざ送ってくれた。

打算があっての行動かもしれないけど、今日の様子を見て、本気で私のことを心配してくれていた。そんな気がする。

今まで私に告白してきた男の子達の好意とは少し違う気がするのだ。

「そういえば、服どうしよう」

動かしていたシャーペンがぴたりと止まる。

休日に男の子と二人で遊びに行くなんて、初めてのことだ。というより、友達と外で遊ぶのが久々だ。

最後に友達と遊んだのいつだっけ？　中一の時、佳代《かよ》ちゃんの家に行った時以来？

今ではもう遊ばなくなってしまった友人のことを思い出しながら、私はクローゼットを開けた。

一番前にあるのは、普段着ている地味な服だ。

この銀髪のせいで、周囲の目を引く。だから、普段は地味な服と帽子《ぼうし》を被《かぶ》って外出する。

日曜日もこれを着ていこうか。

「有栖川《ありすがわ》って、私服は地味なんだな」

あぁ。見える。そんな感じで半笑いのアイツのムカつく顔が容易に想像できた。

「とりあえず、これは無しね」

地味な服をぽいと後ろに投げる。

他に良い服は無いかな。中学時代の服は、もう小さいから入らないし、それにガキっぽい。

これも駄目《だめ》。こっちも駄目。ぽいぽいと服を投げ捨てていくと、クローゼットの中が空になってしまった。

「ぜ、全滅……」

あぁもう。なんで、外に出るだけなのに、なんでこんなに悩まないといけないんだろう。

これじゃあ、アイツのことを意識してるみたいじゃない。

決めた。明日の学校の帰りに、服を買おう。

地味すぎず、可愛《かわい》すぎない。そんな普通の服を、店員さんに見繕《みつくろ》って貰《もら》おう。

そう思いながら私は、散らかった服をクローゼットに詰め込み直したのだった。

第七話　初デート（デートではない）

約束の日の朝。

「こんなもんかな」

洗面台で眉《まゆ》を整えた俺《おれ》は色んな角度から自分の顔を眺めていた。

もうかれこれ三十分は鏡とにらめっこをしている。

今日は人生で初めて、女子高生の由姫《ゆき》とデートに行くのだから、張り切るのも当然だ。

「髪をワックスでセットするか？　だけど、張り切ってるみたいで引かれるかも……ん？」

後ろから気配がし、振り向くと、そこにはにやにやした表情の母さんがいた。

「その張り切りよう……女の子とデートしに行くのね」

キッショ。なんでわかるんだよ。

「彼女じゃないし、遊びに行くだけだよ」

「照れなくていいのよ。そうよね。もう高校生になるのよね。知らない間にこんなに大きくなって……。母さん感激だわ」

「………………」

昔の俺なら、「うるせークソババア」と怒鳴るところだが、今は大人だ。

ここは大人っぽく、平常心で対応しよう。

「だからただの女友達だって」

「あ。エッチなことを考えたりしちゃダメよ。女の子はそういうのに敏感なんだから。はじめは警戒心を解《と》くところから始め……」

「うるせー、クソババア」

＊＊＊

待ち合わせ場所に指定した、渋奈駅のブチ公前。

ここは二〇〇九年でもにぎわっていた。

未来では渋奈は、社会人の街、外国人の街というイメージだが、この時代は若者の街だ。

流行の最先端と言えばこの街と言いたげに、オシャレな若者が闊歩《かっぽ》する。

三十分前に到着した俺は、その光景を懐かしみながら由姫を待った。

「お。来た来た」

集合時間十分前くらいだろうか。駅の出口から、由姫が出てきた。

周りの若者たちの視線を浴びながら、彼女はゆっくりとした歩幅でこちらへと歩いてくる。

「早いのね」

「楽しみだったからな」

これが高校生の由姫の私服か。

ユニセックスのような服装だ。薄桃色《うすももいろ》のシャツに黒の上着を羽織っている。下はスカートではなく、女性用のジーンズ。頭には黒い帽子《ぼうし》を被《かぶ》っていた。

身長は百六十センチに満たない小柄な彼女だが、足が長いためスタイルが良く感じられた。

恐らくすべてブランドものだと思うが、由姫が着ると不思議と高そうな服に見えなくなる。

なんというか、由姫の体が高級品のようなものなので、彼女が身にまとっているものが相対的に安物に見えてしまうのだ。

日の光の反射のせいだろうか。彼女の周りをキラキラとした小さな光の粒が舞っているように見えた。

「なに？　なにか文句《もんく》ある？」

俺がまじまじ見ていると、由姫が目を細めて訊《たず》ねてきた。

「いや、有栖川《ありすがわ》の私服って、こんな感じなんだなと思って」

「似合ってないって言いたいの？」

「違う違う！　すげー似合ってる！」

「そう。ならいいわ」

由姫は横髪をいじりながら、ぼそりと呟《つぶや》いた。

「…………………………」

「なに？　急に黙り込んで」

「いや、俺の私服に何かコメントしてくれないのかなと思って」

「コメント？」

由姫は俺を服装を上から下まで見ると
「普通」

と平坦な口調で言った。

「いつもの二倍イケメンとか無い？」

「ゼロに何を掛けてもゼロ」

手厳しい。俺は苦笑《にがわら》いを浮かべた。

俺のルックスは中の上くらいはあると自負しているが、由姫と比べると、月とスッポンなんだろうなぁ。

「それで、映画の上映時間は何時からなの？」

「十四時から」

「十四時？　一時間近くあるじゃない。集合時間をもう少し遅くしても良かったんじゃ……」

「まぁ、電車が遅れたりとか不測の事態に備えてだな。映画館はすぐそこだし、ショッピングでも楽しみながら、待とうぜ」

時間を早く指定したのはわざとだ。由姫のことだ。映画を見終わったらさっさと帰ってしまうかもしれない。

だから、映画の前に少しの自由時間を設けた。

「ここからだと西部百貨店が一番近いかな」

「ちょっと待って。先に幾つか決めごとをしたいんだけど」

「決めごと？」

振り返った俺の前で、由姫は指を三本立てた。

「一つ、デートって言葉を使わないこと。念を押すけど、私と貴方《あなた》はただの友達だから」

「二つ、私と遊んだことを誰《だれ》にも言いふらさないこと。学校で変な噂が立つのは絶対に嫌《いや》」

「三つ、どこに行くかは貴方に任せるけど……へ、変なところに連れていかないこと」

「変なところ？」

俺が首を傾《かし》げていると、由姫は視線を逸《そ》らしながら
「この前のら……ラブホテルみたいなところ」

と呟いた。

行かねぇよ！

「ちょっと警戒しすぎじゃないか？　少しは俺を信じてくれよ」

「どうだか。男は皆オオカミだって聞くし」

それはそうだけど。俺は苦笑いを浮かべた。

由姫のガードが堅い理由。それは、女好きの兄を身近で見てきたからっていうのもあるのだろう。

おかげでタイムリープ前は二十代中盤まで恋愛経験ゼロだったんだろうけどさ。

「わかった。その三つは守るよ」

「ん。よろしい」

由姫は横髪をいじりながら、そう呟いた。

＊＊＊

西部百貨店は休日ということもあり、賑わっていた。

「そういや、有栖川ってお小遣《こづか》いはどれくらいなんだ？」

「一応、一か月に一万円。だけど、ほとんど貯金しているわ。使い道無いし」

一万円か。高校生としては平均より多い気もするが、社長令嬢としては庶民的な金額だ。

「そういう貴方はいくらなの？」

「俺もそれくらいだよ。あとはたまに内職したりしてるけど」

「内職？　シール貼《は》りとか？」

有栖川の内職のイメージってそんな感じなんだ。

「まぁ、ＰＣを使った簡単なやつだよ」

俺は適当にはぐらかした。

内職と言うのは株取引だ。

高校生は社会人時代と比べると圧倒的に金が無い。なので、親父の口座を一つ貸して貰《もら》い、株で小遣い稼ぎをさせて貰っている。

今日の俺の財布《さいふ》にも、十万円以上のキャッシュが入っている。

高校生時代の由姫の金銭感覚がわからなかったので、念のためだ。

ディナーの予定は無いが、万が一高級レストランに行くことになったりして、お金がありませんでは格好《かっこう》がつかない。

まぁ、その心配は杞憂《きゆう》だったな。彼女の金銭感覚は普通の高校生とそう変わらないようだし。

「そういえば、ＧＷが終わったら衣替えだな」

服売り場に並び始めた夏服を見ながら、俺はぽつりと言った。

「そうね。私はもう用意しているわ」

由姫の夏服か。早く見てみたい。冬服では黒タイツを着ているし、今日もズボンなので、俺はまだ高校時代の由姫の生足を見ていない。

未来で由姫の体で好きなところと聞かれたら、生足と答えるくらい、彼女の足は素晴《すば》らしい。白くシミやホクロが全然ないすべすべの足。彼女と会うまで俺は女性の足にそれほど興味は無かったのだが、由姫の生足を見てからすっかり脚《あし》フェチになってしまった。

「私は服は買わないわよ。先週買いに行ったばかりだから」

「もしかして、その服も買ったばかり？」

「そうだけど……っ！　あ、いや、これは去年買ったやつだったわ」

あー。これは、買ったばかりの服だな。由姫の反応を見て、そう思った。

由姫が嘘《うそ》をついたのは、『今日のデートを意識して、新しい服を買った』というのがバレたくなかったからだろう。

そっか。一応、新しい服を買うくらいには、俺のことを意識してくれてはいるのか。ちょっと嬉《うれ》しい。

「俺も服は良いかな。どっちかというと、こっちを見たい」

「こっち？」

俺が向かったのはメンズ、レディースどちら用も取り扱っている小物品売り場だった。

メインはアクセサリーや香水。

値段も安くはない。高校生向けではなく、社会人をターゲットにした店だ。

「貴方、香水とか付けるの？」

「エチケット的にほんの少しだけな」

「それって、校則的にどうなの？」

「強い匂《にお》いのするもの以外はＯＫらしい。オーデコロンなら大丈夫だろ」

「オーデ……？　なにそれ。香水のメーカー？」

「香水の中に含まれる香料の割合ごとの種類だな。パルファム、オードパルファム、オードトワレ、オーデコロンがあって、オーデコロンは一番薄い香水」

「そうなんだ。なんでそんなのに詳《くわ》しいの？」

「それは……」

未来のお前に教えてもらった……なんて言えるわけないよな。

「母さんが香水マニアで、その受けうりだよ」

と、適当に嘘をつくことにした。

「ということで、選んでくれ」

「はぁ？　なんで私が選ぶのよ」

「だって、生徒会で一番席が近いの、お前だし。お前が一番俺の匂いを嗅ぐ機会が多いんだから、合理的判断だろ？」

「匂いを嗅ぐって言うな！　その言い方だと、私が頻繁に貴方の匂いを嗅いでる、へ、変態みたいじゃない！」

耳を赤くしながら、由姫は不服そうな顔で叫《さけ》んだ。

ちなみに、未来のお前は頻繁に俺の匂いを嗅いでいたぞ。匂いフェチなのか?と訊ねると、

「こうするとなんか落ち着く」と言ってたっけ。

「一番いいのを頼む」

「一番いいのって……」

面倒くさそうに香水を見ていた由姫だったが、何かを見つけたのか
「本当に一番いいので良いのね?」

と小悪魔な笑みを浮かべながら、確認してきた。

「あぁ」

「じゃあこれ」

由姫が指さしたのは、七万円する超高級ブランドの香水の値札だった。恐らく、メンズ用だと一番高いやつだろう。

「え。本当にこれでいいのか?」

「うん。良い匂いだし。これが一番だと思うわ」

ふむ。俺は財布の残金を確認すると
「よし。じゃあ、それにするか」

「え」

迷わず値札を持って、カウンターに向かおうとした俺に、由姫は驚愕《きょうがく》の表情を浮かべた。

「値段ちゃんと見た⁉　七万円よ⁉」

「半年分のお小遣いだな。でも、有栖川のためなら……」

「覚悟決まりすぎでしょ。あぁもう。ちゃんと選ぶから、それをよこしなさい！」

さすがに良心が痛んだのか、由姫は慌てて俺の手から札を取り上げると、元の場所に戻した。

「………………これが良いと思う」

その後由姫が選んだのは、三千円ほどのシャボン石鹸の優しい匂いのする香水だった。

「おぉ。たしかに良いなこれ」

「でしょ」

俺は会計を済ませると
「じゃあ、次は有栖川の分だな」

「え。わ、私？」

由姫は少し驚いた顔をすると
「私は要らないわ」

と首を横に振った。

「でも、もうすぐ夏だぞ？　あったほうがいいんじゃないか？」

「っ……」

由姫はぎょっとした顔をする。

東欧の血が混じっている由姫は、暑さに弱く、汗をかきやすい体質だ。

別に臭《くさ》いわけではないのだが、彼女はそれをコンプレックスに思っており、デートの時は頻繁にトイレに行って、汗拭きシートを使っていた。

ちなみに、香水に汗の匂いを消すような消臭効果が無いのは、秘密だ。

由姫は不安そうな表情で、きゅっと服の裾《すそ》を摑《つか》むと
「もしかして、私、臭かったりする……？」

「いや、全然。むしろ良い匂いだ。毎日嗅ぎたいくらい」

「…………。今度、生徒会長に席を変わってもらよう頼むわ」

やめて。セクハラで左遷されちゃう。

「今買っておいて、後々必要になった時に使うってのでいいんじゃないか？」

「たしかに……それもそうね」

俺はレディース用の香水を見て回り
「これとかどうだ？」

と、薄いピンク色の丸い香水のサンプルを手に取った。

マグノリアの香りがベースの匂いのきつくない香水だ。

「あ。確かに良い匂い」

気に入ったのか、由姫は何度もくんくんと嗅いでいた。

彼女が気に入るのは当たり前だ。

だって、これは未来の由姫が気に入っていた香水なのだから。

「じゃあ、それを買うか？」

「ち、ちょっと待って。他のも試してみたいから」

他にも幾つか香水を嗅いでいたが、俺の選んだものより良いのは無かったのか、結局俺の選んだ香水を買っていた。

＊＊＊

映画館のあるビルについた俺達は、エレベーターでロビーへと昇っていた。

「そういえば、映画館に行くのは小学生以来かな」

「俺もたしか……中学ぶりかな」

予約は既に済ましているので、発券機で二人分のチケットを発券した俺は、隅で待っていた由姫の方へと戻っていった。

「今更だけど、どんな映画なの？」

映画のチョイスは俺に任せるとのことだったので、事前に確認は取らず決めてしまった。

「アメリカの洋画だよ。序盤はコメディ。後半は感動ものかな」

「ふぅん」

由姫はチケットに書かれたタイトルをじっと眺めていた。

これから見る映画だが、俺は一度見たことある映画だ。

おバカな子犬を飼った夫婦が、その犬を中心に生活し、最後はその犬を看取るまでのハートフルコメディだ。

たしか、アメリカで有名な小説を映画化したものだったか。

「やばー。まだ涙止まんない」

「俺もぼろぼろ泣いちゃったよ」

俺達の一つ前の回の客たちが出てきた。

目を赤く腫らしている人や、ハンカチを手に持った人が多い。

「ずいぶんと好評みたいだな。泣いてる人も多いし」

「そうみたいね」

由姫はその様子を見て、ふっと鼻で笑った。

「でも私、映画館で泣く人って理解出来ないのよね。周りに人がたくさんいるから、泣ける気分じゃないっていうか」

あれ？　そうだっけ？　俺と映画に行った時、普通に涙ぐんでいたような覚えがあるんだが。

『3番スクリーン。十四時からのチケットをお持ちの方、入場してください』

「んじゃ行くか」

「ん。私が映画の途中で寝ていても起こさないでね」

由姫はそう言いながら、小さく欠伸《あくび》をした。

＊＊＊

「うっ……うっ……」

映画が終わった。結論から言うと、由姫はボロ泣きだった。

由姫は人が死ぬ系の感動映画ではあまり泣いたりしない。感動はするものの、泣くほどではないという。

駄目《だめ》なのは、動物が死ぬ系の映画だ。今回見た映画も、やんちゃだった犬が病院で、主人公に看取られるシーンがあった。

「ハンカチ……いるか？」

「いらない！　泣いてないし！」

そう言っても、服の袖《そで》は涙でぐっしょり濡《ぬ》れていた。

「お、俺、ちょっとトイレ行ってくる」

ちょっと気持ちを落ち着かせる時間をあげたほうがいいだろう。

俺はトイレに行って髪を整え、しばらく携帯をいじってから由姫の元へ戻った。

「マーリー……」

まだ泣いてる！

由姫は待ち席のソファに座って、死んだ犬の名前を呟きながら、落ち込んでいた。

あまりの落ち込みっぷりにナンパ目的の男たちもドン引きして、声をかけづらそうにしていた。どしたん？　話聞こか？　さえ出来ないレベルだ。

やべぇ。ここまでお通夜《つや》ムードになるとは、映画選びを間違えた。

未来の由姫が「凄く感動した」と絶賛していたのだが、この時代の由姫には刺激が強すぎたのかもしれない。

この後、しんみりとした由姫と一緒にカフェで映画の感想を語るという予定だったが、この様子では無理だ。しんみりじゃなくて、絶望の表情を浮かべているもん。二、三時間は犬の死を引きずりそうだもん。

仕方ない。本当はもっと仲を深めてから行くつもりだったが、秘密兵器を使うとするか。

「なぁ、寄りたいところがあるんだけど、大丈夫か？」

「どこ……？」

ぐすんと涙ぐみながら、由姫は顔を上げた。

動物で傷ついてしまった心をどうやって治すか。

動物に癒《いや》してもらうのが一番だろう。

＊＊＊

「猫カフェ……？」

「あぁ。この近くに最近できたみたいで、一度行ってみたかったんだ」

「聞いたことはあるわ。猫を撫《な》でたりすることが出来る喫茶店よね」

この時代だと、猫カフェはちょうど全国的に広まり、浸透したタイミングだ。

日本に猫カフェが最初に普及したのは大阪で、たしか二〇〇四年、東京に上陸したのは更にその後だ。

未来では猫のストレス緩和のため、抱っこ禁止の店もあるのだが、この時代は触り放題、抱き放題、引っかかれ放題だ。

「猫……」

落ち込んでいた由姫の表情が少し明るくなるのがわかった。

未来の由姫は超が付くほどの猫好きだった。

大人の由姫と付き合い始めた頃、俺は色んなデートスポットに彼女を連れて行った。

動物園。映画館。野球観戦。デズニーシー。

楽しんではいるようだったが、どこか俺に気を使っているような気もした。

しかし、そんな彼女がすぐにのめり込んだのが、猫カフェだった。

推《お》しの猫ができた時は、週五で通っていたくらいだ。

「貴方、猫が好きなの？」

「犬派か猫派かと聞かれたら猫派だな」

由姫も猫みたいな性格だしな。自分勝手なところとか、人に媚《こ》びようとしないところとか。

「そ、そうなの。私と同じね」

そわそわしているところを見る限り、この時代の由姫も猫が好きなのだろう。

猫カフェ、マオマオは裏路地にある小さいビルの二階にあった。

「いらっしゃいませ」

店に入ると、若いお姉さんの店員さんが出迎えてくれた。

「会員様でしょうか？」

「いえ、初めてです」

「でしたら、当店のシステムを説明いたしますので、そちらのテーブルにお願いします」

「…………」

「有栖川？」

「え。あ、あぁ、そこに座ればいいのね」

由姫の視線は、店内にたくさんいる猫達に釘付《くぎづ》けになっていた。

やはり、この時から由姫は猫が大好きのようだ。

席に座ると、店員のお姉さんの説明が始まった。

「今の時間帯は、この子とこの子とこの子が抱っこＯＫです。他の子は眺める、もしくは猫じゃらしで遊ぶだけにしてください」

おぉ、この時代なのに、猫に配慮した、しっかりとした店のようだ。優良店で間違いない。

ふんふんと、由姫は食い入るように説明を聞いていた。

「当店はワンドリンクオーダー制となっております。お決まりでしたら、ご注文をどうぞ」

「えっと。俺はヤマネコ珈琲《コーヒー》で」

「あ……わ、私も同じのを」

「かしこまりました」

この猫カフェは、ドリンクスペースと猫とのふれあいスペースを完全に分けているタイプだ。

猫が人間のドリンクを誤飲してしまうのを防ぐためだろう。

とはいえ、ドリンクスペースからは、ガラス張りの向こうから猫を眺めることが出来るので、これはこれで楽しい。

猫は全部で八匹。俺達以外のお客さんは若い女性二人組だけのようだ。

「…………」

由姫は早く猫と触れ合いたいのか、もじもじしていた。

「ドリンクが到着してから、猫のほうに行こうな」

「わ、わかってるわよ」

子供に言い聞かせるような言い方にイラッとしたのか、由姫は小さく頬《ほお》を膨らませた。

待つこと五分。

「ヤマネコ珈琲でございます」

コトリと、俺達の前にカップが置かれた。

一番安いのを頼んでみたのだが、普通のホットコーヒーだ。

砂糖もミルクも入れずに、俺はアツアツの黒い液体を口の中に流し込んだ。食道を通り、胃の中に流れ込んでくるのがわかる。

「貴方、ブラックで飲むのね」

「ん？　あぁ、砂糖は入れても入れなくてもって感じだな。微糖には微糖の、ブラックにはブラックの良さがあるし」

「ふぅん……。格好つけてるわけじゃないんだ」

由姫は砂糖とミルクを注《そそ》ぐと、ゆっくりとスプーンを回す。

一口飲んだが、熱かったのか涙目で顔をしかめた。

ふーふーと息を吹きかける彼女を眺めながら、俺はゆっくりと珈琲を飲み干した。

珈琲を飲み終えると、いよいよ猫とのご対面だ。

「みゃー」

猫とのふれあいスペースに踏み入れると、猫が二匹、由姫の足元にまとわりついた。

おさわりＯＫ猫のクロくんとショコラちゃんだ。

「っ！」

真っ先に自分のところに来てくれたのが嬉しかったのか、由姫は手を震わせながら、彼らを撫でた。

ゴロゴロと喉《のど》を鳴らす姿を見て、由姫の表情がぱぁと明るくなる。

「こ、こっち」

由姫は椅子《いす》に座ると、ぽんぽんと膝《ひざ》を叩《たた》いた。するとクロくんがぴょんと彼女の膝に乗り、香箱座りをした。どうやらもっと撫でろと言ってるらしい。

「しょ、しょうがないわね」

そう言って由姫は猫を撫で続ける。しょうがないって……自分から乗ってほしいと膝を差し出したのに、意味不明である。

なにはともあれ、映画で受けた心のダメージは回復したようだ。

「ちょっとトイレ行ってくる」

「ん」

珈琲を飲んだせいだろうか、トイレに行きたくなった。ふれあいブースの外にあるトイレに向かうと、お姉さん達が会計を済ませていた。

「ありがとうございました。二千五百円になりますー」

これでお客さんは俺と由姫だけか。

休日のこの時間帯にお客さんが俺達だけって、大丈夫なのだろうか？　小さい店だから、テナント料もそんなにかからないのかな。

いかんいかん。どうも経営者目線でそんなことを考えてしまった。今の俺はただの高校生。

そう自分に言い聞かせながら、入念に手を洗い、由姫のもとへ戻ろうとする。

「⁉」

そこで俺はとんでもないものを見てしまった。

ふれあいブースにいる由姫。

彼女は抱っこした猫をじっと見つめたあと、きょろきょろと辺りを見渡した。

そして、自分以外に誰もいないのを確認すると
「にゃー。にゃにゃー」

抱っこした猫に、猫語で話し始めたのだ。

「にゃー？　にゃにゃにゃにゃにゃーん」

赤ちゃんに話すときのようなデレ方で、猫に向かって話しかける由姫。無論、猫は話せるわけもなく、撫でられるのを楽しんで喉をゴロゴロ鳴らすだけだった。

「ねー。なんでそんなに可愛《かわい》いのかなー？　あ、やだもー」

ぺろぺろと頬っぺたを舐《な》められ、嬉しそうな顔の由姫。猫に顔を舐められると結構臭うのだが、それも気にならないようだった。

未来でも、見られないようなデレっぷりだ。

俺はしばらくそれを観察することにした。

由姫は交互に猫を抱っこし、喉をゴロゴロと鳴らし始めるとパァと嬉しそうな表情をする。しっぽの付け根を優しく叩いたり、顎《あご》の下を撫でたりと、猫たらしのテクニックを駆使して彼らをメロメロにしていた。

そして、彼女自身もメロメロになっていた。

「その表情は反則だろ……」

あまりの可愛さに、俺は昇天しそうになった。すげぇ。可愛いが可愛いを抱いて可愛い声を出しながら可愛い動きをしているぞ。

もうしばらくこの光景を見たい。この光景を脳に焼き付けたい。

そうだ。写真を撮ろう。俺は慌てて携帯を取り出した。

しかし、この時代のガラケーは解像度も悪ければ、ズーム機能も最低限だ。

画質良く撮るには、ある程度近づく必要がある。

俺は気配を消し、忍び足で近づく。よし。あと二メートル……。

「にゃー？　ここが良いのかにゃー？　それじゃあ、もっと撫でてあげ……」

その時、カランカランと音がし、新しい客が入ってきた。

「！」

由姫が顔を上げる。そして、俺と目が合った。

「…………………」

「…………………」

由姫の目が見開かれ、顔がみるみる真《ま》っ赤《か》に染まる。

俺は慌てて携帯を仕舞うと、近くに座っているショコラくんを撫で始めた。

この由姫の表情には、見覚えがある。

結婚して一年くらい経《た》った時だったか。彼女が好奇心で買ったアダルトグッズを見つけてしまった時の顔だ。あの後、二日ほど部屋に籠《こも》ってしまった。

つまり、死ぬほど恥《は》ずかしい時の顔である。

「……………聞いた？」

「何を？」

「さ、さっきまでの私の言動……」

「いや、俺、今トイレから戻ったところだし」

「ほ、本当？」

「本当本当。鈴原《すずはら》。嘘つかない」

「そ、そう。ならいいわ」

「にゃー？　にゃにゃにゃにゃにゃーん（クソデカ裏声）」

「やっぱり聞いてたんじゃない！」

由姫は顔を真っ赤にして怒った。由姫の声に驚いたのか、猫は逃げてしまった。

「あ……」

猫に逃げられ、由姫はしゅんと寂《さび》しそうな表情。

「有栖川。猫の言葉も話せるんだな。さすが、マルチリンガル」

「うっさい！　忘れなさい！　というか、盗み聞きとか趣味悪いわよ」

いや、五メートルまで近づいて気づかないって、盗んでくださいって言ってるようなもんだろ。警備ザルか。

「別に恥ずかしがらなくていいだろ。俺だって猫大好きだし。抱っこしたくなるし、撫でたくなる時もある」

「そ、そう。貴方も……」

「まぁ、猫語で話しかけたりはしないけど」

「やっぱり殺す」

由姫はこれ以上おちょくったら、マジで殺すという目をしていた。

＊＊＊

「なぁ、門限とか大丈夫なのか？」

「だ、大丈夫」

二時間後。俺達はまだ猫カフェにいた。何度か由姫にそろそろ帰らないかと訊ねたのだが、もう少しと拒否された。

「十八時半の電車に乗って、駅からダッシュで走れば間に合うから」

ダッシュて。そこまでして、猫と長くいたいのか。

どうやら彼女の猫への愛は、大人の時より強いようだ。

「今日、貴方の誘いに乗って良かったわ」

「そうか」

「うん。この子に会えたし」

由姫はミルクちゃんという、小柄なハチワレ猫を一番気に入ったようだった。

ミルクちゃんも由姫のことが好きなのか、彼女の膝でずっと喉を鳴らしていた。

由姫が喜んでくれたのは嬉しいが、今日の思い出を全部猫に持っていかれた気がする。なんだか複雑な気分だ。嫁が寝取られた時、こんな気持ちになるんだろうな。おのれ猫め。

「珍しい。その子、あんまり膝の上に乗らないんですよ」

ドリンクオーダーをした時の店員さんが目を丸くしていた。

「そうなんですか?」

「うん。貴方のこと、気に入ったみたいね」

「私のこと……えへへ」

由姫はぱぁと嬉しそうな表情を浮かべた。

「あ、あの、私、また来ます！　この子に会いに」

「あー。えっと」

どうしたのだろうか。店員のお姉さんの表情が急に曇った。

お姉さんは少し考えたあと、「もう決まってるし、言っちゃってもいっか」と小さなため息を吐《つ》いた。

「その子、来週には系列店にお引っ越しになるの」

「え」

お姉さんはソファの上でふてぶてしい顔で寝ているサビ猫を指差した。

「この子、兄がいるの。あそこで寝ているチョコくんって名前の子なんだけど、兄妹仲があんまり良くなくて」

チョコくんと比べると、ミルクちゃんは一回り体が小さかった。

「一緒にいると、ちょくちょくいじめられるの。だから、別のお店に移動したほうがいいって話になって」

「そんな……。いじめられている方を引っ越しさせるんですか?」

「うーん。そう言われると心苦しいんだけど……」

お姉さんは目を逸らしながら、小さな声で言った。

「ここだけの話、お客さんに人気があるのはお兄ちゃんのほうなのよね」

「っ……」

「チョコくんは愛想が良いし、コアなファンも多いの。だから、どっちを移動させるかってなると……ミルクちゃんのほうになっちゃうのよね……」

黙ってしまった由姫を見て、店員のお姉さんは慌てて
「あ。心配しないで。引っ越し先も良い店だし、それがこの子のためだと思うの」

とフォローした。

由姫はきゅっと唇《くちびる》を噛《か》むと
「えっと、この子におやつをあげてもいいですか」

と言い、ささみのおやつ（別料金）を買った。

由姫は美味《おい》しそうにおやつにがっつくミルクちゃんの頭を優しく撫でた。

「新しいお店でも元気にやっていくのよ」

人気のある兄猫にいじめられる妹猫か。

どこかで聞いたことのある境遇だ。きっと由姫も思うことがあるのだろう。

「なぁ、優馬《ゆうま》先輩……お前の兄貴のことだけどさ。やっぱ仲悪いのか」

「悪いわよ。この前のやり取りを見たらわかるでしょ」

どうして急に？とは言わなかった。きっと彼女も優馬のことを考えていたのだろう。

「あの人、性格が終わってるの。女好きで、ヘラヘラしてて、他人を見下して、私のこと、不器用だとか世間知らずだとか馬鹿《ばか》にしてくるし」

未来の由姫とまったく同じことを言うな……。俺は少し笑ってしまった。

「貴方って一人っ子でしょ」

「あぁ。なんでわかったんだ？」

「なんとなく」

由姫はおやつを食べ終え、満足げに毛づくろいするミルクちゃんを撫でながら、ぽつりぽつりと話し始めた。

「中学に入った時、有栖川優馬の妹として、すぐ先生や上級生達に認識された。はじめは嬉しかったわ。優秀な兄さんを持ったと誇らしかった。だけど、だんだんつらくなっていった。

いつどこにいっても、兄さんと比較される。何をしても兄さんに勝てない悔《くや》しさ。そして、妹はこんなものかっていう周りからの失望の声。それで気づいたの。この人達は私を見ていない。有栖川優馬の妹として見てるって」

溜《た》まっていたものを吐き出すように、由姫は喋《しゃべ》り続けた。

「私は私。有栖川由姫として見てほしい。兄さんに勝つしかない」

「勝つしかない……か。兄貴と比較されるのが嫌なら、別の高校に行くっていう手もあったんじゃないか？」

「たしかにそれも考えたわ。だけど……」

由姫は小さく頬を膨らませると、目を逸らしながら言った。

「それじゃ私が逃げたことになるじゃない」

やっぱりそう言うよな。俺は心の中でくすりと笑った。

由姫は由姫だ。子供でも大人でも、この負けず嫌いだけは変わらない。

「優馬先輩って、そんなに凄いのか？」

俺はまだ彼のことを詳しくは知らない。

知っているのは、渡米してクロスストリーマーズを立ち上げたのと、とにかくイケメンで女にモテる。その二つだけだ。

「むかつくけど、超が付くほどの天才よ。この学校に首席で合格して、それからずっと学年一位をキープしてる。勉強だけじゃない。運動も出来るわ。中学ではバスケで全国大会に行ったし」

まじでチートキャラじゃねぇか。実物を見た今、信じるしかないんだけどさ。

「なにか欠点とか無いのか？」

「性格が悪い。あと女好き」

「あぁ、たしかに……」

俺はこの前、彼に出会った時のことを思い返しながら、苦笑いを浮かべた。

「だけど、いつか絶対に勝ってみせる」

「勝つって、やっぱり勉強でか？」

「勉強もそうだけど……貴方、五月下旬に若葉祭っていう学園祭があるの、知ってる？」

若葉祭？

「あー。そういえば、生徒会新聞を書く時、予定表に書いた覚えが」

「部活ごとに催《もよお》し物を出して、新入生を歓迎するお祭りよ。文化祭と違って、生徒会主導で行われる、新生徒会の実力を試す場とも言われてるの」

「へぇ。それがどうかしたのか？」

「去年の生徒会長は兄さんで、若葉祭の指揮を一人で執《と》ったそうよ」

あぁ。なるほど。話が見えてきた。

「つまり、去年よりすごいお祭りにしたいってわけだな？」

「そうよ」

由姫はこくりと頷《うなず》いた。

「ちなみに、若葉祭には学園のＯＢもやってくるの。去年は七瀬製鋼の会長や、元都知事の重富《しげとみ》さんとかがいらっしゃったそうよ」

「まじか……」

ただの学祭に来る面子《メンツ》じゃないだろ。元大人であるからこそ、その異様さがよくわかる。

よし。次の目標が決まったな。俺はぽんと膝を叩くと
「じゃあ、優馬先輩を一緒に倒すか」

と言った。

由姫は一瞬、嬉しそうな表情をしたが、はっとした顔になり
「別に貴方の協力とかいらない。私一人で勝たないと意味無いし」

と首を横に振った。

「俺はまぁ、味方みたいなものだから気にするな。実際に戦うのはお前と優馬先輩だ」

「味方って。なんで貴方はそういう……」

「そりゃもちろん、優馬先輩とお前だったら、好きな方につくに決まってるだろ」

「す……」

由姫は耳を赤くすると
「そ、そう。勝手にすれば」

と小さな声で呟いたのだった。

＊＊＊

ＧＷが終わり、衣替えが行われた。

未来ではほとんどの学校がクーラーを完備しているが、この時間軸、二〇〇九年当時は、クーラーがあるのは職員室だけという学校も多々あった。

だがしかし、さすが名門、我らが七芒学園《しちぼうがくえん》。教室の天井《てんじょう》に二台のクーラーが設置されていた。

「…………………」

衣替え初日。

クラスの男子の視線は由姫へとむけられていた。

夏服の由姫は冬服とはまた違う可愛さがあった。

半袖《はんそで》に薄地のスカート。なにより一番違うのは足だ。

彼女は冬服の間はずっと、黒タイツをはいていた。

それが脱げ、白い足が露《あら》わになっていた。不意に撫でてしまいたくなるようなすべすべ感だ。

「なにあれ。反則でしょ」

「日焼けクリームとか塗ってるのかな」

女子達が由姫のシルクのような生足の秘密をさぐろうと、ひそひそと話をしていた。

この時代の由姫は知らないけど、未来の由姫は塗ってたっけ。

次の時間は移動授業だ。由姫は教科書を手に、教室を出て行った。

彼女の通った道の近くに座っていた男子生徒が、興奮気味に隣の男子に話しかけた。

「な、なぁ、白薔薇《ばら》姫の通ったあと、すげー甘くて良い匂いするんだけど」

「シャンプーの匂いじゃね？　でも花みたいな香りするな」

「白薔薇の匂いとか？」

「薔薇はこんな匂いじゃないだろ」

彼女の良い匂い。

俺が選んだ香水の香りだということを知っているのは、たぶん俺だけなんだろうな。

そんな愉悦感《ゆえつかん》を楽しみながら俺は、携帯電話を取り出し、メールを打ち始めた。

メールの送信先は御神静香《みかみしずか》。生徒会長だった。

第八話 ❤❤❤ 焦りと失敗

どうしてこうなった……。

昼休み。俺《おれ》は学食の一番奥のテーブルに座っていた。このテーブルは学食の中で最も目立つ場所にあり、あまり使いたがる生徒はいない。

じろじろと周りの生徒からの視線が向けられているのがわかった。

それは、この目立つテーブルに座っているせいだけではない。

「それで、お話ってなにかしら？」

俺の向かい側には生徒会長、御神静香《みかみしずか》が座っていた。

癖《くせ》一つない長い黒髪が静かに揺れる。

和服の似合いそうなおしとやかな胸には二年首席を表す金の七芒章《しちぼうしょう》。

彼女の前にはピザトーストとサラダとコンソメスープ。

俺の前にはカツカレーが置かれていた。

「少し話がしたいと言っただけなのに、何故《なぜ》昼食を一緒に食べることになってるんですか」

「あら、ごめんなさい。今日はお弁当だった？」

「いえ、そういうわけじゃないですけど。話なら、生徒会室でできたじゃないですか。何故、わざわざ学食でなんか……」

「貴方《あなた》とは、こうして一対一で、ゆっくりお話をしたかったの。前から気になっていたから」

会長はまっすぐな瞳《ひとみ》で俺の顔を見ながら、にこりと笑った。

彼女と一対一で話すのは、未来でも無かったことだ。

理由は由姫《ゆき》が嫉妬《しっと》するからである。彼女と話すときは必ず由姫と三人で話をしていた。

「静香さん。き、気になるって言ったぞ！」

「おい。あの男、一年の首席だぞ。胸に金バッジ付けてる」

「やっぱり頭の良いやつが好きなのか⁉」

「たしか、生徒会に入ったやつだろ。たしか名前は……鈴原《すずはら》だ！」

周りの先輩方の嫉妬の声が聞こえてくる。

どうやら、彼女は二年生の中のアイドル的存在らしい。

これは夜道に気を付けた方がいいかもしれない。

「気になるって……誤解を招く言い方しないでくださいよ」

「だって本当のことですし」

「俺のどこに惹《ひ》かれる要素があるんですか？　顔も普通ですし、首席合格もまぐれみたいなものですよ」

「外見なんてどうでもいいんですよ。私が気になったのは中身のほうですから」

顔を近づけてくると、俺だけに聞こえる声でぼそりと言った。

「貴方、生徒会の仕事をわざと手を抜いていますよね」

「っ！」

図星だった。

俺は由姫の機嫌を損なわないよう、手を抜いていた。わざとミスもしたこともある。

由姫は優秀なほうだが、大人と子供では大きな差がある。俺が本気で仕事をこなせば、その差は明白となる。

「なんでわかるんですか？」

「女の勘《かん》です」

そう言って会長は小さく舌を出した。

「そのあたりをとやかく言う気はありません。仕事はきちんとこなしていますし」

「ありがとうございます」

「それで私に話があるんですよね？」

「はい。有栖川《ありすがわ》と……その兄貴……優馬《ゆうま》先輩のことについてです」

周りに聞こえないように小さな声で、話をした。

由姫と優馬の確執。

今度の若葉祭を成功させ、去年の優馬に勝ちたいと思っていること。

そして、優馬の本性。

会長は黙って俺の話を全部聞いてくれた。

「――――。これが俺の知っているすべてです」

俺がこの話をしたのは、彼女に味方になってほしいと思ったからだ。

若葉祭は生徒会主導の祭りであり、新生徒会のお披露目《ひろめ》の場だ。

しかし、その責任者は生徒会長だ。由姫がいくら頑張《がんば》ろうとしても、彼女の許可なしには自由に動けない。

すべてを由姫に任せてほしいとは言わない。ただ、由姫の頑張りが認められるような形にしてほしいとお願いした。

「なるほど。そんなことがあったのね」

「信じられないかもしれませんが、元会長の本性は……」

「知っていますよ。あの人の性格がねじ曲がっていることは」

「へ……？」

会長はお茶を一口飲むと
「だって私、あの人と一年間、同じ生徒会にいたんですもの」

けじゃないから、誰《だれ》も口に出さなかっただけで。あ、女癖が悪いところは、一度注意したことがありますけど」

と苦笑《にがわら》いを浮かべた。

「というか、前生徒会のメンバーは全員気づいていたと思うわ。特別悪いことをしていたわ

「そうだったんですか……。アイツ、学校内でも女の子にちょっかいを……」

「ええ。私も口説《くど》かれましたし」

「まじっすか」

「一途な人が好みだからって、角が立たないようにお断りしましたけどね」

会長がちょろい女性でなくて良かった。俺は心の中でほっと息を吐《は》いた。

彼女は髪をかきあげると
「わかりました。私に出来ることでしたら協力しましょう」

「本当ですか！」

「はい。私も優馬先輩より、有栖川さんのほうが好きですし」

会長はにこりと笑って頷《うなず》いてくれた。

「それで、有栖川さんとの仲は進展しましたか？」

「それ聞きます？　とりあえず、連絡先を知れた程度ですよ」

「あら残念」

「残念って……会長は不純異性交遊容認派なんですか？」

「前にも言いましたけど、清らかな交際ならＯＫですよ。お似合いだと思いますし」

会長は善意１００％といった笑顔を浮かべる。

こういう顔は見たことがある。若い子同士をくっつけようとするおせっかいなお姉さんだ。

俺は苦笑いを浮かべると
「もしかして、仕事を頼む時、俺達を一緒に行動させたがるのって、わざとだったりします？」

「さぁ？　どうでしょう」

しらっとした顔で会長はナイフとフォークで、ピザトーストを切り分け始めた。

俺の手抜きを見抜いたり、すぐはぐらかされたり。

この人は由姫のように、手のひらで転がすのは無理そうだな。

そんなことを思いながら、俺はカツカレーを頬張《ほおば》った。

＊＊＊

その日の生徒会で、さっそく若葉祭の打ち合わせがあった。

「あー。そっか。もうそんな季節かー」

副会長は面倒くさそうに頭を掻《か》いた。

「私達の仕事は、イベントの立案。配置。委員会メンバーへの指示などたくさんやることがあります。大変だと思いますが、頑張りましょうね」

会長の手には大量の書類があった。全部若葉祭の準備に必要なものだろう。

「まず最高責任者を決めようと思います。去年は優馬元会長がすべて取り仕切りましたが、今回は昼の部、夕方の部で分けようと思います。私は昼の部を担当。夕方の部は、有栖川さん。貴方に頼んでいいかしら」

「は、はい。大丈夫です！」

由姫は一瞬驚いた顔をしたが、すぐに嬉《うれ》しそうに返答した。

「で、でも、どうして私なんですか？」

「一番責任感が強そうだからですよ。大変だと思いますが、成長する良い機会でもあります。任せていいですか？」

「は、はい！　必ず成功させてみせます！」

由姫は小さくガッツポーズをすると
「私の方からお願いしようと思ってたけど……まさか会長から任せてくれるなんて……」

と小声で呟《つぶや》いていた。

会長は「これでいいのよね？」と言いたげな表情で、俺に向かってウインクをした。

サンキュー会長さん。

「他のメンバーも昼の部と夕方の部で分けますか？」

「そうね。昼の部は三人、夕方の部は二人で分けることにしましょう。昼の部は一人多いので、備品の管理は昼の部が受け持つことにしましょう」

「了解です」

「では、私と有栖川さんのじゃんけんで残りの三人を取り合うことにしましょう」

会長と由姫がじゃんけんをする。

「あら、私の勝ちね。じゃあ……」

会長はゆっくりと指をさした。副会長や菅田《すげた》先輩——ではなく、俺を。

「鈴原くんを貰《もら》おうかしら」

「え……」

由姫の喉《のど》からひゅっという音が漏《も》れる。その反応を見て、会長はくすりと笑うと
「なんてね。冗談冗談。普段から一緒に仕事をしている面子《メンツ》でやるほうがいいわよね。私は理沙《りさ》と望太郎《ぼうたろう》を貰うわ」

と言った。

会長、さては由姫の反応を見て遊んでいるな。

「あー。良かった。十年来の友情にひびが入るところだったよ」

「あら。やっぱり、鈴原くんを選ぼうかしら。真面目《まじめ》に作業をしてくれなさそうだし」

「やだーーー！　真面目にやるから見捨てないで！」

会長と副会長のコントが始まり、他のメンバーが苦笑いを浮かべる。

「……った……。取られなくて……」

副会長の声のせいでほとんど聞き取れなかったが、由姫が何か安堵《あんど》するように呟いていた。

＊　＊　＊

まず俺達が始めたのは去年の若葉祭の内容を調べることだった。

大成功と言われている、優馬が主導した若葉祭。まずはその成功の秘訣《ひけつ》を調べようとしたのだ。

だがしかし、調べれば調べるほど、俺達の顔は曇っていった。

「おいおい。反則だろ、これ……」

イベント内容のパンフレットに決算書、そして結果報告書を見て、俺は頭を抱えた。

運動部主催の食べ物の屋台や文化部の出し物など、イベント自体は普通のものばかりだ。

だが、夕方に行った体育館を使った特殊イベント。

イケメン俳優で話題の鏑木翔一《かぶらぎしょういち》を迎えてのトークショー。

ＡＢＫ48の研修生三名を集めた生ライブ。

男子生徒と女子生徒、両方が喜ぶトンデモイベントを開催していた。

「一体どうやったんだ？　こんなの予算内で出来るものじゃないだろ」

「多分、兄さんが個別にお願いしたんだと思う」

「はぁ⁉　そんなこと出来るのか⁉」

「うん。兄さん、中学生の頃、ジュニアモデルもやっていたから、トークショーをした鏑木さんはその時に知り合った友人みたいで、たまにうちの家に遊びに来る。その繋《つな》がりでＡＢＫのアイドル研修生も呼べたみたい。中には昔付き合ってたって子も……」

マジかよ。イケメンだと思ってたけど、芸能関係にも伝手《つて》があるのか。

「俺達はそんなチート技は使えないから、他の方法を考えるしかないか」

「そうね。まず、予算の割り振りを行いましょう」

由姫は予算書を机の真ん中に置き、とんとんと指をさした。

「学校から支給された予算は六十万円。これを昼の部と夕方の部で割るから、私達が使えるのは三十万円ね」

「三十万円か……。少ないな」

「そうね。私も同じ意見」

由姫はこくりと頷いた。

運動部と違って、文化部は同好会も合わせて二十もある。すると、一つの部で使える予算はたったの一万五千円だ。

「っ…………」

どうすれば去年の若葉祭を超えられるか。俺と由姫で二人で考えたが、すぐに良い案は思い浮かばなかった。

イベントを行うのはあくまで部活動側だ。

生徒会が出来るのはイベントごとの予算配分。イベントの設営場所の確保。そして、機材や備品の購入ルートの用意などのサポートだ。

「そういや、去年の特殊イベントはどうやってねじ込んだんだ？　生徒会が行うのはあくまでサポート。主役は部活動側だろ？」

「トークショーは、映画同好会の催《もよお》し。アイドルの研修生を集めた生ライブは、軽音部の催しとして実施したらしいわ」

「なるほど。ちゃっかりしてるな」

どうする？　俺も去年の優馬のように、イケメン俳優や、アイドル候補生を呼び寄せるか？

いや、それじゃ駄目《だめ》だ。

優馬に勝つのは、俺ではなく由姫でなければいけない。俺が出来るのはあくまでサポートだ。

「ひとまず、部活側にどんなイベントを行うのか聞き込みから始めるか」

「そうね」

俺達は放課後に活動中の文化部へと向かい、どんなイベントをするのか聞いて回った。

困ったのは「これから決める」という楽観的な部がいくつもあったことだ。

「残り二週間を切っているのだから、急いで決めてほしい」と頼んでも、「はいはい」と適当にあしらわれるだけ。俺達が一年ということもあって、舐《な》められているのだろう。

「こんなに大変とは思わなかったわ……」

全部の部を回ったあと、生徒会に戻ってきた由姫はソファに体を預け、天井《てんじょう》を仰《あお》いだ。

「あとは予算配分と設営場所の調整か」

「私が明日までにやっておくわ」

「明日までって、家でやるつもりか？」

もう時刻は十八時過ぎだ。下校時間も近い。

「明日でいいんじゃないか？　まだ時間はあるだろ？」

「予算決定は早いことに越したことないわ。そのほうが準備時間を多く取れるでしょう」

由姫は鞄《かばん》の中に資料を入れながら、ぽつりと呟いた。

「兄さんには勝つにはこれくらい頑張らないと駄目なんだから」

＊　＊　＊

れている。

「おいおいまじか」

翌日。由姫の作った予算配分書を見て、俺は眉《まゆ》をひそめた。

去年までは部ごとの予算が均一に配分されていたのに対し、今年は部によって差をつけられている。

例えば演劇部は五万円。去年よりも三万円も多い。

対して、小さな同好会は二、三千円と、お小遣《こづか》い程度の金額となっていた。

「これって……」

「全部を良くするのは無理よ。だから良くするイベントを絞ることにしたの」

「絞る？」

「うん。良いイベントをしてくれそうな部を五つだけ絞って、そこに資金を多めに分配するの。そして、その五つを広報で猛プッシュする。生徒達にはその五つの催しには必ず通って貰えるように上手《うま》く配置するの」

「そんなことをしたら、資金が減ったイベントのクオリティが落ちないか？」

「そこは少ない資金でも上手くいくイベントに変えて貰うつもり。今ならまだどの部活も企画段階だろうし、間に合うはずよ」

彼女の言っていることは間違っているわけではない。

これは会社経営と同じだ。赤字を出す事業をカットし、成長しそうな事業に分厚く張る。成功させることだけを考えるなら、彼女の作戦が一番現実的だ。

だけど――

「俺は反対だな」

「え」

俺の言葉に、由姫は顔をあげた。

彼女のアイデアは、実利しか見ていない。

これは高校のイベントであり、動いているのは十代半ばの子供達であることを考慮すべきだ。

「ここまであからさまに差をつけると、不平不満を言ってくる部活が出てくる」

「仕方ないでしょ。そうでもしないと、良いイベントなんて出来ないんだから。それに、予算を少なくした部は、聞き取り調査でやる気が無かった部よ」

由姫の目の下には大きなクマが出来ていた。

恐らく、徹夜で考えたのだろう。予算書の下書きには何度も消しゴムで直した痕跡があった。

「もっと、部活側のやつらの気持ちを考えた方がいいんじゃないか？　これだと、差別されたと感じると思うぞ」

「だったらどうすればいいの⁉　何か他に良い案があるの⁉」

由姫は拳《こぶし》を握りしめながら叫《さけ》んだ。

「多少横暴でも、実力があれば黙らせられる。兄さんがそうだったでしょ。若葉祭が成功すればきっと、皆わかってくれるわ」

「…………………」

結局、多少の見直しはしたものの、予算配分書は部によって、大きく差が開いたものを提出することになった。

そして、俺の不安はすぐに的中することになった。

「去年は二万円だったのですが、今年は一万円なのは何故なのでしょう?」

予算分配書を貼《は》りだした翌日。糸目の女子生徒が生徒会室に来た。

三年の木佐貫《きさぬき》先輩。彼女は茶道部の部長だった。

茶道部のイベントは茶道体験。お茶と和菓子《わがし》を振る舞う催しを毎年行っているらしい。

今年も同じイベントするつもりだったのだが、急に予算が半分になり戸惑っているそうだ。

「去年のイベントの報告書を見たのですが、お客さんは四十名ほどでしたよね。でしたら、一万円あれば全員分の和菓子を買えると思いますが」

「で、ですが、お客さんに出す和菓子は、まるみ堂の最中《もなか》というのが我が部の伝統なんです。二万円無ければ、四十名分は用意できないです」

「でしたら、今年からもう少し安い和菓子に替えてください」

「そ、そんな……」

「難しいようであれば、安くておいしい和菓子を私の方で探してみますが……」

「っ…………」

淡々《たんたん》と正論を述べる由姫に、木佐貫先輩はたじたじだった。眼鏡《めがね》越しの彼女の瞳には、「本当に一年生？」という驚きが映っていた。

「わ、わかりました……。一万円で用意できる和菓子を探します……」

そう言って、とぼとぼと部屋を出て行った。

その背中があまりにも悲しそうで、さすがに同情してしまった。

「なぁ、流石《さすが》に下げすぎたんじゃないか？　半分は可哀そうじゃ……」

「仕方ないでしょ。茶道部のイベントは去年、不人気だったんだもの。今年も同じ内容をやるって言うんだし、やむを得ないわ」

一見、冷徹に見える対応だが、由姫も心苦しいのだ。

その証拠に彼女は下唇《したくちびる》を噛《か》んでいた。

文句《もんく》を言いに来るのが彼女だけで終わるといいが。しかし、俺の願いもむなしく、翌日。

「ねえ、私達の部がたったの二千円ってどういうこと⁉」

今にも殴りかかりそうな形相《ぎょうそう》で怒鳴り込んできたのは、ダンス部部長の吉野《よしの》先輩だった。

制服を着崩した長身の金髪ギャルだ。由姫との身長の差は三十センチ近くある。

「ダンスにお金がいるんですか？」

「照明を借りるつもりだったの！　照明があるのと無いのとで、見栄《みば》えが全然違うんだから！」

バンバンと机を叩きながら、彼女は訴える。

たしかダンス部の部員は全部で五名。大会なども出ないサークルのようなものだ。文化部の中でもかなり小さい。

「演劇部には五万円も出したって話じゃない。なんでそんなに差があるのよ！」

「稼働時間の差です。演劇部は四十分の演劇を二回やります。対して、ダンス部は五分のダンスを一回だけです」

「それにしても差がありすぎでしょ！」

「演劇部は去年、全国大会まで出ている実績があります。それも考慮しました」

「な、なによ。私達は実績が無いから、この金額っていうの⁉　何様のつもりよアンタ！」

吉野先輩が由姫の胸倉を摑《つか》んだ。

「若葉祭を良くするためです。なにとぞご協力を」

しかし、由姫は怯《ひる》まない。感情を表に出さず、淡々と答える。それが逆に、彼女の逆鱗《げきりん》に触れた。

「そう。どうしても、こっちの要求を呑《の》むつもりは無いってわけね」

吉野先輩はため息を吐《つ》くと、急に冷めたような声で

「あーあ。優馬会長だったら、ちゃんと話を聞いてくれたのになぁ。兄妹なのに、なんでこんなに違うのかな」

と言った。

「っ………」

今までずっと冷静に対応をしていた由姫の顔に、初めて怒りの色が滲《にじ》んだ。

「お？　怒った？　機械みたいだと思ってたけど、お兄ちゃんと比べられるのは嫌《いや》なんだ？」

「別にそんなんじゃ……」

「そうよねー。あんなに完璧《かんぺき》な人そうそういないし、コンプレックス抱えちゃうよね」

「っ！　何も知らないくせに……」

由姫の拳《こぶし》に力が入る。

まずい。さすがにこのままだと喧嘩《けんか》になる。

「よ、吉野先輩！」

俺は仲裁に入るべく、間に割り込んだ。

「俺に案があるんですけど」

「案？」

「演劇部も舞台をする際、照明を使いますよね。それを借りることは出来ませんか？」

「演劇部の？」

「はい。演劇部とは時間も被《かぶ》っていませんし。演劇に照明道具は命みたいなものなので。別途レンタルするよりも良いものが借りられるんじゃないですか？」

吉野先輩は少し考えこむと
「たしかに。そっちのほうがいいかも……」

と頷いてくれた。

「演劇部に照明道具の貸し出しのお願いは、俺達のほうでやっておきますから。他に必要なものはありますか？」

「いや、とりあえず大丈夫……だと思う」

よし。なんとか納得して帰って貰えた。大学時代のバイトでのクレーム対応を思い出しながら、帰っていく吉野先輩の背中を見送った。

ドサッと音がし、俺は振り返る。

由姫が椅子《いす》に座りこんだ音だった。

「全然駄目ね、私……。他の部から借りるっていう単純なアイデアも出なくなってる……」

由姫は疲れた表情で、額を押さえた。

「有栖川。昨日、寝たか？」

「三時間くらい……」

由姫の目の下にはうっすらとクマが出来ていた。

「体壊すぞ。若葉祭までまだ一週間以上あるんだ。このままだと持たないぞ」

「そうね。ちょっと顔を洗ってくるわ……」

彼女はそう言って、ふらふらとした足取りで廊下へと出て行った。

「有栖川……」

この時、俺はある違和感を感じた。

いつもなら、自分の不甲斐《ふがい》なさを悔《くや》しがる彼女が、全然怒りを見せなかったからである。

疲れているからかな？　と思った俺だったが、その翌日——

由姫は初めて学校を休んだ。

＊＊＊

由姫が学校を休んだ日、俺は何度も電話をしたが、彼女が出ることは無かった。

「有栖川か。風邪《かぜ》だと聞いている」

「そうですか」

学校側に連絡はしているのではと思い、先生に聞いたところ、朝、風邪で休むと連絡があったそうだ。

昨日から体調が悪そうだったもんな。

きっと寝不足と蓄積した疲労のせいだろう。

「夕方の部、進捗《しんちょく》はいかがですか？」

俺が生徒会室に行くと、会長が心配そうに訊《たず》ねてきた。

「正直、順調ではありませんね」

「有栖川さんは今日はお休みですか？」

「はい。風邪をひいたみたいで」

「そうですか。心の病でなくて安心しました」

由姫と文化部が揉《も》めているというのは、生徒会長である彼女の元にも届いているのだろう。

会長は遠い目をしながら、小さくため息を吐いた。

「皆が彼女のようにストイックに作業を出来るわけではないんです。楽をしたい。自分たちが良ければそれでいい。そういう人のほうが多数でしょう」

彼女の言う通りだ。

そもそも由姫と文化部のメンバーとしてはゴールが違うのだ。

若葉祭を成功させたい由姫。

楽しい思い出を作りたい文化部。

そもそも目標が違うのだから、こちらの意見を通そうとすると衝突するのは当たり前だ。

「どうするー？　私が夕方の部に助っ人に行こっか？」

購買で買った焼きそばパンを頬張りながら、副会長が手を上げた。

「揉めごとの仲裁なら任して。コミュ力なら自信あるから。というか、それしか出来ないからよろしく！」

陽《よう》キャオーラをまき散らしながら、副会長はにへらと笑った。

「心強いです。もし俺達の手に負えなくなったらお願いします」

「まっかせなさい」

「なるべく早めに相談してくださいね。貴方達はまだ一年生なんですから」

菩薩《ぼさつ》のような微笑《ほほえ》みを浮かべながら会長は優しい声で言った。

さて。どうするかな。

俺は自分の椅子の背もたれに体を預けると、天井を見上げた。

このまま行けば、間違いなく前年度の若葉祭に負けるのは明白だ。由姫もそれを理解している。

彼女が体調を崩したのは、きっと疲れのせいだけではない。

このままでは優馬に勝てない。その焦りや、文化部とのやり取りが上手くいかないストレスもあるのだろう。

なにか俺に出来ることはないだろうか。

「鈴原。今、大丈夫か?」

「萱田……先輩?」

ぽんと俺の肩を叩《たた》いたのは、めったに口を開かない会計の萱田先輩だった。相変わらずの渋いバリトンボイスだ。この人が喋《しゃべ》ると、周りが一発で静かになるんだよな。

「文化部のイベントの配置だが……この辺りに屋台を出すのはやめてくれ」

萱田先輩は、出店場所をプリントした紙の上側をとんとんと叩いた。

「北門の近くですか? 何故……」

「そっかー。一年ズはまだ知らないんだ」

副会長はデスクチェアを回転させながら、こちらへとやってきた。

「ウチの学校、町の自治会とめちゃくちゃ仲が悪いんだよ」

渋いものを食べた時のような表情で、かいつまんで説明をしてくれた。


事件の発端は五年前。新校舎の建築を行った時だ。

新校舎を造る際、周りの住民の苦情が大量に入ったらしい。工事音がうるさい、工事用車両の行き来で道が狭くなる。新校舎のせいで日陰になって、洗濯物が乾きにくい。

だが、工事をやめるわけにもいかず、学校側は工事を続行。

その際、自治会の重役とうちの理事が派手《はで》に揉めてしまったそうだ。

「怒った自治会は七芒学園への支援金の打ち切り。自治会を通したボランティア行事も翌年から中止になったそうです」

会長は額を押さえながら、ため息を吐いた。

「北門の近くには揉めた住人の家があります。だから、極力接触は避けたいの。生徒の声がうるさいとかで、クレームを入れられたくないからね」

「なるほど。だから、北エリアには屋台は置くなと」

「マラソンで運動場を走ることになったのも、それが原因なんだよねー。外を走ると車の邪魔だってさ」

まぁ、彼らが文句を言いたくなる気持ちもわからなくはない。

この学校は家が近いからという理由で合格するレベルの学校でもない。周りの住民にとっては、自分の子供でもない学生のために、不利益《ふりえき》を被っているようなものか。

「悲しいねー。昔はこんなに仲が良かったたのに……」

「ん。なんですかそれ？」

「昔の生徒会新聞。この前掃除した時に見つけたの」

副会長が見ていたのは、五年前の生徒会新聞。その原本だった。

自治会の大人達と、うちの生徒達が清掃ボランティアをしている写真が貼り付けられている。

今ではすべてデータ化された生徒会新聞だが、この時はまだタイプライターで書いた記事に、写真を直接貼り付けるというアナログな手法を使っていたらしい。

「へぇ。昔は仲が良かったんですね…………………ん？　ち、ちょっと、その写真、よく見せてください！」

「あらやだ強引《ごういん》」

俺は副会長から生徒会新聞を奪《うば》い取ると、その記事に貼られた写真を凝視する。

「やっぱりだ……。間違いない……」

そうだ。視野が狭くなっていた。

去年の若葉祭を超えるには、今年の若葉祭を良くするしかないという、固定観念に囚《とら》われすぎていた。

若葉祭は生徒会の実力を試す場。そして、ＯＢ会のお偉いさんも見に来る。

「いけるかもしれない……」

俺の中で何かがカチリとハマった。

「会長！　このボランティア行事に関《かか》わった先生ってわかりますか？」

「え。そうですね……」

会長は写真を見ると、とんと写真の隅を指差し

「ここに小さく映っているの、社会科の権田《ごんだ》先生かと」

「ありがとうございます！」

俺は鞄を手に取ると、生徒会室を飛び出した。

＊　＊　＊

「やっぱり出ないか……」

もう一度電話をかけてみたが、相変わらず由姫は出なかった。

一刻も早く彼女と話をしないといけないのに。

明日、由姫が学校に来る保証はない。それに、ここまで電話に出ないと心配だ。

なので俺は由姫の家に直接向かうことにした。先生からプリントを届けてほしいと頼まれたという体《てい》である。

ちなみに、由姫の家の場所は知っているものの、中に入ったことは無い。

俺も由姫も、あのクソ親父と会うのを嫌がっていたので、盆や正月も俺の実家ばかり行っていて、帰省することは一度も無かった。

ただ一度だけ、結婚する際に荷物を取りに行くために、車で送っていったことがある。

「たしか……こっちだよな……」

過去……いや、未来の記憶……？　を頼りに、彼女の家へと向かった。

「あった。ここだ」

見覚えのある二階建ての一軒家を見つけ、俺は足を止めた。

大豪邸とは言わないが、都心にこれだけの広さとなると、土地だけで十億は超えるだろう。

有栖川と書かれた表札のすぐ横にあるインターフォンを押した。

『あい』

インターフォンから出てきたのは、眠そうな男の声だった。

あのクソ親父かと思ったが、声が若い。これは――

『おー？　由姫の彼氏じゃねぇか』

しばらくして、Tシャツに短パンというラフな格好《かっこう》で出てきたのは、有栖川優馬だった。

「えーっと、名前は……。そうだ、鈴原だ。鈴原正修《まさおみ》」

俺のことを覚えていたことに驚いた。しかも、名前まで。一度名乗っただけなのに。記憶力がいいんだろうな。

「由姫なら部屋に籠《こも》ってるぜ。起きてるかは知らね」

優馬はくいっと家の中を指差した。

「部屋の前で会話させて貰ってもいいですか？　彼女と話したいことがあるので」

「あー。なんなら襲ってもいいぜ。親父には黙っといてやるからさ」

優馬は俺の肩に手を回すと、悪魔のようにささやいてきた。

「そういうことを言うのは、兄としてどうかと」

「んだよ。真面目に返すなって」

優馬はつまらなさそうにしながら、俺を家の中に迎え入れた。

「階段上がってすぐ右だ。勝手に入って勝手に帰れ」

優馬は階段のところまで案内すると、さっさと居間に戻ろうとする。

TVを見ていたのか、バラエティ番組の司会が喋る音が聞こえてきた。

「優馬先輩。少しだけ話をしませんか？」

「あ？　俺とか？」

「いくつかお聞きしたいことがあるんです」

優馬は目を細めた後、

「ま、暇《ひま》だからいいけどよ」

と居間へ行き、TVを消した。

「ほれ。なんか高い茶」

優馬は俺の前に紅茶を置くと、どかっと座り、自分の分の紅茶を一口飲んだ。

「零《こぼ》したりするなよ。この下のカーペットは数百万するからな」

「数百万？」

俺は机の下に潜り込むと、カーペットのタグを確認する。

「いや、これ、確かにブランドものですけど、せいぜい数十万くらいですよね」

「ちっ。わかんのかよ。つか、数十万でもちょっとはビビれよ」

いや、未来の俺の家に同じメーカーの絨毯《じゅうたん》があったもので。

「それで、俺に聞きたいことってなんだ？　由姫の下着の色とかか？」

「下着の色は本人から聞く方が楽しいですよ」

「はは。わかってんじゃねぇか」

「俺が知りたいのは先輩の進路です」

「進路？」

わけわかんねーという表情で、優馬は足を組み直した。

「なんで俺の進路が気になるんだよ」

「いえ、同じ学年主席として、どのような進路を考えているのか、興味があるだけです。名門大に進学して、ゆくゆくはお父さんの会社を継ぐ感じですか？」

「俺は会社は継がねぇよ」

優馬は頬杖《ほおづえ》をつきながら、にやりと笑う。

「アメリカの大学に留学して、そのまま移住するつもりだからな」

やはりか。この時から彼は将来のことを決めていたのだ。

「親父とも話はついてる。体裁を保つために、首席で卒業して、アメリカの名門大に推薦で……っていう条件を出されたけどな」

「なんでアメリカに？」

「会社を作りたいからだ。起業するならこんな衰退《すいたい》真っ最中の国じゃなく、世界一の経済大国でやるのがベターだろ」

「アリスコアの社長じゃ駄目なんですか？」

「駄目だね。親父のお下がり貰ったところで、嬉しくねぇし。俺は一から会社を作って、アリスコアなんか目じゃない規模に発展させてやる」

　優馬は自信に満ちた笑みを浮かべながら、ふんぞり返った。

　その瞳には不安の欠片《かけら》も感じられない。

　ただの高校生がそれを言えば、夢見がちな若者だとあざ笑うところだが、彼ならば本当にやってしまいそうな気がする。そんな雰囲気が彼にはあった。

　まぁ、実際に成功するんだけどな。クロスストリーマーズのＣＥＯとして俺に会いに来た時の事を思い出す。

「もしもの話です。貴方がアメリカで起業し、大成功したとします。そして、そのタイミングでアリスコアの経営が傾《かたむ》き、立て直しに多額の資金が必要になったとします。貴方は資金援助をしますか？」

優馬はなんだその質問？　という表情を一瞬したが
「しねぇよ。何のメリットがあんだ？」

と鼻で笑いながら言った。

「そりゃ親父の失態だ。俺には関係ないし、親父にもプライドがあるだろうよ。親父は俺に金を貸してくれって頼みはしねぇだろうな」

「そのせいで由姫さんが……妹が売られることになったとしてもですか？」

「あー？　売られるって、政略結婚とかか？　知るかよ。俺には関係ねぇし」

想像通りの答えが返ってきて、俺はぎゅっと拳を握りしめた。

「妹のことを大事に思ってないんですね」

「まぁな。だってアイツ生意気だし。めちゃくちゃ俺に反抗するし。もう少ししおらしい性格なら、可愛《かわい》がってたかもな」

優馬はククと笑っていた。

由姫は……彼女は、こんな家でずっと過ごしてきたのか。

父親は屑《くず》。兄貴も自分のことだけしか考えていない。

心がすり減って当然だ。未来で俺と出会った時の目が死んでいる由姫を思い出す。

「お前、面白《おもしろ》いやつだな。この前まで中学生だったくせに、妙に度胸があったり、わけのわからねぇ質問をしたり……」

優馬は紅茶をすべて飲み干すと、肉食獣のような鋭い目で俺を睨《にら》みつけると
「だが、これだけはわかる。お前、俺のこと嫌いだろ」

と言った。

「別に好きとか嫌いとか……」

「やめろやめろ。んなぺらっぺらな嘘《うそ》つかれたほうが癪《しゃく》に障る」

「…………………」

これはもう隠せるものじゃなさそうだ。それに俺もいい加減限界だしな。

俺は静かに怒りを込めながら、優馬を睨みつけた。

「じゃあ、お言葉に甘えて」

「俺はアンタが嫌いですよ。由姫を馬鹿《ばか》にするアンタが、由姫を苦しめるアンタが、俺は嫌いです」

優馬はしばらく呆けた後
「はっはっは！　やっぱ面白れぇ！　こんなにハッキリ言われたのは、人生で二度目だ！」

と笑い出した。

「ちなみに一度目は由姫」

「でしょうね」

優馬はソファにもたれ掛かると

「聞いたぜ。由姫のやつ、文化部のやつらと揉めたそうじゃねぇか」

とにやけ顔で言ってきた。

「アイツは弱者相手にも対等に話をしようとするからな。良く言えば優しい。悪く言えば、甘くてぬるい」

優馬はテーブルの中央に置いてあった包装されたクッキーを手に取ると、ぐしゃりと握りつぶした。そして、粉状になったクッキーを丸呑《まるの》みする蛇《へび》のように口に流し込む。

「雑魚《ざこ》相手にお願いするから駄目なんだ。支配すりゃいいんだよ。自分より能力が下のやつらに頭を下げたり、同じ目線でやろうとするから上手くいかねぇんだ」

「俺はそれが彼女の良いところだと思いますけどね」

俺もクッキーを一つ手に取ると、包装を優しく剝《は》ぎ取り、口に入れた。

「由姫はきっと、アンタを超えますよ。アンタより良い生徒会長になります」

優馬の眉がぴくりと動いた。どうやらカンに触ったようだ。

「無理だろ。このままだと若葉祭も失敗するぜ？」

「今の彼女だとそうなるでしょうね」

俺は不敵な笑みを作ると、自信ありげな声で言い放った。

「だから、俺が勝たせます」

ここが博打《ばくち》の打ち所だ。

有栖川優馬。由姫と楽しい青春を送るための障害であり、鍵《かぎ》となる人物。

彼に勝てば由姫のコンプレックスも解消でき、俺への好感度も爆上がり間違いなしだ。

だが、それだけで済ますのはもったいない。

勝てる見込みのある勝負は、厚く張るのが鉄則だ。

「先輩。一つ賭《か》けをしませんか？」

「賭け？」

「先輩と俺達。どっちの若葉祭が盛り上がるか、勝負をしましょう」

「………………馬鹿かお前」

優馬はしばらく固まったあと、失笑した。

「俺がなんで去年、あんなに必死に若葉祭を盛り上げたかわかるか？」

「生徒会長としての力を誇示するためですか？」

「まぁ、それもあるが、本来の目的は別にある。重富勇雄《しげとみひでお》って知ってるか？」

「元都知事ですよね。それで七芒学園のＯＢ」

「そうだ。んで、ＯＢ会の代表でもある。俺が去年、必死に若葉祭を盛り上げたのは、あのおっさんが毎年、若葉祭の視察に来るって聞いていたからだ。ＯＢ会のやつらに、アメリカで会社を立ち上げる際の資本金を出資して貰うためにも、デキる人間であることをアピールする必要があったわけだ」

なるほど。父親と仲が悪いと言っていたのに、どうやって資本金を作ったのか謎《なぞ》だったが、ＯＢ会からお金を引っ張っていたのか。

「で。お前はそれに勝てる自信があるっていうのか？」

「はい」

即答した俺に、優馬は足を組み直すと

「いいぜ。何を賭ける？」

と不敵な笑みを浮かべながら言った。

「そうですね。お互い要求するものが別と言うのもあれなので、シンプルにいきましょう」

俺は紅茶を飲み干し、にこりと微笑んで言った。

「勝った方が負けた方になんでも一つ、命令できる」

＊　＊　＊

由姫の部屋は階段を上がってすぐ右だったか。

階段を上がった俺は、部屋のドアをコンコンとノックした。

しばらく待ったが返事は無い。

もしかして、寝ているのだろうか。もう一度ノックをして、返事が無かったらメールを残して帰ることにしよう。

急ぎであるのは間違いないが、彼女の体調が回復しないことにはどうしようもない。

と、その時、ガチャリとドアが開き、パジャマ姿の由姫が出てきた。

「兄さん、なに？　食欲無いから、晩御飯はいらな……」

熱で寝苦しかったせいだろうか。パジャマのボタンが胸元《むなもと》まで開いており、下着を着けていないせいで、白く滑らかな胸元とほのかに膨らんだ胸が見えていた。

「え」

彼女は俺の顔を見た途端、固まった。俺も同じく固まり、お互いの目を至近処理で見合う形になった。

三秒、いや、五秒くらいだろうか。

「っーーーーーーー！」

状況を理解したのか、熱のせいで赤くなった彼女の頬《ほお》が更に赤く染まる。彼女は慌てて胸元を隠すと、もう片方の手で勢いよくドアを閉めようとする。

ガッ。

「いっ………！」

どうやら、足の小指をはさんでしまったらしい。由姫はバランスを崩し、そのまま床に背中から倒れた。

「だ、大丈夫か」

「っーーーーーー！」

あれは痛そうだ。由姫は苦悶の表情を浮かべつつも、俺にパジャマ姿をこれ以上見られたくなかったのか、ベッドまで這って移動する。そして、布団《ふとん》に包まると、ごろごろと転がって悶絶《もんぜつ》し始めた。

とりあえず、彼女の痛みが治まるまで待とう。

彼女の部屋は、思ったより女子っぽい部屋だった。

薄い桃色《ももいろ》のカーテン。フローリングの床にはクッションが三つほど散乱しており、座布団代わりにしているのがわかった。

勉強机には参考書の山と、ルームフレグランスが置かれており、ラベンダーの仄《はの》かな香りが部屋を埋め尽くしていた。

「…………それで、なんでいるの？」

痛みがようやく治まったのか、くるまった布団の中から彼女のくぐもった声が聞こえてきた。

「いや、お見舞いに来たんだけど……」

「ここまで来たってことは、兄さんの仕業《しわざ》ね……。相変わらず人の嫌がることを……」

布団の中から、ブツブツと彼女の声が聞こえてきた。姿は見えないが、彼女が頬を膨らませている姿は想像できた。

「体調はどう？」

「もう熱は下がったわ。明日には治ってると思う」

「そうか。良かった」

軽い風邪で良かったと俺は胸を撫でおろした。

「あのな。若葉祭のことだけど、良い案が浮かんだんだ」

「…………」

「絶対に上手くいくという確証は無いけど、試す価値はあると思う。ただ、これは俺だけじゃ駄目だ。俺と有栖川、二人の力を合わせないと駄目なんだ」

「…………」

「有栖川？」

返事がない。どうしたのだろうか？

「ねぇ、もう諦《あきら》めてもいいかな……」

「…………え？」

彼女の声は弱々しく、今までの彼女とは大きく異なるものだった。

この声を俺は知っている。

未来で初めて由姫と会った時の彼女だ。絶望し、心が折れた時の彼女だ。

「やっぱり私は兄さんには勝てないわ。それが昨日わかったの。進行も上手く出来ないうえに、体調まで崩して……。兄さんならけろっとした顔で全部こなすのに……」

「…………………」

「あ。心配しないで。別にすべてを投げ出すわけじゃないわ。でも、そこそこでいいって思っただけ。今までみたいに一番を狙《ねら》うんじゃなくて、自分の実力に見合った努力をしようって」

「…………………………」

「正直、一人で勉強しているより、貴方と遊んだ方が楽しかったわ。勉強ばかりしていちゃ駄目ね。ほら、この前みたいに楽しいこと、色々教えてよ。貴方、色々知ってるんでしょ」

無理にひねり出したような明るい声で、由姫は言った。

「もう諦めていいでしょ……。これだけ頑張ったんだからさ」

「有栖川……」

普通の女の子なら、きっと「そうだな。もう休もう」とか、肯定してあげるのがいいのだろう。

だけど、由姫はそうじゃない。

俺は知っている。

彼女が求めている言葉は慰めの言葉ではない。

彼女が欲しい言葉。それは――


「駄目だ。あと少し頑張れ」


「え……」

驚いた声をあげる由姫。俺は彼女の部屋に足を踏み入れると
「さっき、お前の兄貴と賭けをしてきたんだ」

「賭け？」

「去年と今年の若葉祭。どっちが優れているか。負けた方はなんでも言うことを聞くって」

「な、なにしてんの!?」

布団の中から由姫が飛び出してきた。とんでもない焦りようだ。パジャマ姿を見られたくないという気持ちも吹き飛んでしまったようだ。

「なんでも言うこと聞くって……。兄さんの性格の悪さ、わかってる!? 絶対無茶な要求をしてくるわよ！」

「大丈夫。大丈夫。勝てば問題ないから」

「勝てばって……あ、頭痛くなってきた……」

由姫は頭に手をあてて、ふらりと体を揺らした。

「大丈夫か？　風邪のせいか？」

「貴方のせいよ！」

由姫は深呼吸をすると、真面目な表情で
「ねぇ、その作戦？で、兄さんに勝てる確率はどれくらいなの？」

「そうだな。八割は勝てる」

俺はにやりと笑いながら、指を八本立てた。

「そ、そんなに？」

「…………いや、待てよ。やっぱ七……いや、不測の事態も考慮すると六……？　準備の期間もほとんどないし、やっぱ五かも……」

「どんどん自信無くなっていくのなんなの⁉」

いやだって、成功する確率とか算出できないし。

「まぁでも、三割くらいはある！　それは保証する！」

「三割って……失敗する確率の方が高いじゃない」

「でもさ。もし、あいつに三割の確率で勝てるって言われたら、どうだ？」

「それは……」

由姫の体が硬直する。そしてしばらく考えた後、布団をきゅっと握りしめ、まるでおもちゃを前にした子供のように目を輝かせて言った。

「ときめくわね」

「だろ？」

由姫の目に光が戻っていく。彼女ははっとした表情を浮かべると恥《は》ずかしそうに俯《うつむ》くと
「なんで私、あんなに弱気になってたんだろ」

そうぼそりと呟き、ぱちんと自分の頰を両手で叩いた。

「あーあ。なんか、悩んでいたのが、馬鹿らしくなってきたわ」

「そうか。俺のお陰だな」

「そうね……ありがとうって言いたいところだけど……」

由姫はぎろりと俺を睨みつけると、すぐ後ろにあった枕《まくら》をむんずと掴むと
「まずは部屋から出て行きなさい！」

「ごふっ」

顔面に枕を投げつけられ、俺は彼女の部屋から追い出されてしまった。

彼女の枕はシャンプーの良い匂《にお》いがした。

俺が反省して廊下で体育座りをして待っていると、扉の向こうから、しゅるりしゅるりと衣服の擦《こす》れる音が聞こえてくる。

そして、勢いよく開けられ、私服に着替えた由姫が飛び出してきた。

その表情に弱々しさは一切《いっさい》感じられない。自信に満ち溢《あふ》れた、俺の良く知っている、彼女だった。

「その作戦。詳《くわ》しく聞かせて」

間話V 復讐劇《未来》

「こ、これは何だ……？」

二〇二二年某日。

俺《おれ》はアリスコアの応接室にいた。

俺の前には、有栖川重行《ありすがわしげゆき》。高いスーツに高級腕時計を身にまとった彼は、俺が渡した書類を見た瞬間、顔色を変えた。

「あなた方が過去に犯した不祥事《ふしょうじ》一覧です。苦労しましたよ。思ったより多くて、絞り込むのが大変でした」

紙に書かれていたのは有栖川とその側近の部下達が、今まで行ってきた汚職の数々だった。

元々アリスコアには黒い噂があった。由姫《ゆき》に調べて貰《もら》ったところ、その予感は当たることになった。

特にヤバかったのが、定期的に行っていた暴力団の資金洗浄の補助だ。

三十年前、有栖川が会社を大きくするにあたって、裏社会の人物から多額の融資をして貰ったそうだ。

まだ暴対法が無かった時代のことだ。そして、その代償として、彼らの黒い金の資金洗浄を受け持っていた。

「どうやって、調べた？　由姫か？」

「はい」

由姫は俺と結婚するまではアリスコアで働いていた。そのため、内部の人間と繋《つな》がりがある。その者達に賄賂《わいろ》を渡して、情報を売って貰った。

「っ…………！」

有栖川はぐしゃりと紙を握りつぶすと、汗をにじませながら俺を睨《にら》みつける。

「これを使って私を脅すつもりかね？　残念だよ。由姫と結婚した君を、息子と思って接してきたのに」

「そうですか……」

俺は机の上に足を乗せると、吐《は》き捨てるように言った。

「俺は一度たりとも、あんたを父親だと思ったことはなかったよ」

由姫と結婚してから一度も、俺が彼を義父さんと呼ぶことは無かった。

会社のために娘を差し出そうとするようなやつだからというのもある。

それ以上に腹が立ったのは、資金援助をした後の態度だ。

彼はまるで娘など初めからいなかったかのように振る舞ったのだ。俺と会食をした際も、仕事の話ばかりで由姫のことは一つも話題に出さなかった。

それればかりか、会社の経営が安定した後は、毎晩夜の街で愛人と遊んでいるという。

俺の言いたいことはすべて言い切った。

次は彼女の番だ。

「もう入ってきていいぞ」

俺がそう言うと、ギィと扉が開き、スーツに身を包んだ由姫が入ってきた。

「ゆ、由姫！　これはどういうことだ！　私を……父親を裏切るのか！」

「裏切る？　よくそんなことを言えるわね。会社のために私を売ったくせに」

「そ、それは……。だが、結果は良かっただろう！　正修《まさおみ》くんと結婚出来て幸せだと言っていたじゃないか！」

「そうね。彼と結婚出来てすごく幸せよ」

彼女は女神のような笑みを浮かべながら、悪魔のような言葉を有栖川に叩《たた》きつけた。

「でもそれはそれ。これはこれ」

有栖川の表情がどんどん青くなっていく。

「私の要求は一つだけ。アリスコアの代表の席を私に譲って。さもなくば、不祥事を全部公表するわ」

有栖川が行った不祥事の数々。これが表に出れば、アリスコアはただでは済まない。その主犯である有栖川は辞職することになるだろう。

彼に残された道は二つだけ。

すべてを失ったうえに刑事罰を受けるか。

大人しく身を引き、由姫に席を渡すかだ。

「っ……」

有栖川はわなわなと震えると、ドンと机を叩いて立ち上がった。

「由姫！　お前は会社経営がどれだけ大変か、理解しているのか！　お前は女の上に、まだ若い。コネクションもロクに持ってないだろう！」

「ええ。そうね。しばらくは苦労するでしょうね。認めるわ。経営者としては、今は父さんの方が上よ」

だけど、と彼女は続ける。そして、数年前のあの日から、ずっと言いたかった言葉を吐き捨てるように言ったのだった。

「会社のために娘を犠牲にするような人にはならないと約束するわ」

＊＊＊

「あーーーー！　すっきりした！」

由姫は勢いよくキンキンに冷えたビールを飲み干した。

「それにしても、良かったのか？　あんな条件で。もっとふっかけることができたんじゃないか？」

「別にいいわよ。仕返しがしたかっただけだから。悔《く》しそうな顔が見られただけで満足よ」

由姫は上機嫌で、料理を頬張《ほおば》ると、生ビールをもう一つ頼んだ。

「ここの料理、すごく美味《おい》しいわね。前に来たときは食べそびれたから」

「そうだな。だけど、まさかこの店を予約するとは……」

ここは俺と由姫が初めて出会った場所。有栖川が融資の相談に来た時の、赤坂の料亭だ。

店選びは由姫に任せていたのだが、まさかここを選ぶとは思わなかった。

「お前にとっては、嫌《いや》な思い出がある場所なんじゃないのか？」

「嫌な思い出もあるけど、良い思い出もあるわ。だって、貴方《あなた》と出会えたんだから」

彼女はとろんとした目で、俺の左手の薬指に着けられた銀の指輪をちらりと見る。

「しばらく、忙しくなるな」

　これから由姫はアリスコアの社長として、会社を回していくことになる。

「そうね。だけど、出来るだけ早く帰ることにするわ。だって貴方と少しでも長く一緒にいたいもの」

「なんだ？　もう酔ったのか？」

「本音よ」

　茶化した俺の反応が気に入らなかったのか、由姫はアルコールで赤くなった頰《ほお》をぷくりと膨らませた。


「ちょっと飲み過ぎたな」

「しょうね……」

　会計を済ませ、タクシーを拾う。これも由姫と出会った日と同じだ。違うのは隣に立つ彼女が嬉《うれ》しそうな顔で、俺の腕に抱き着いているところだろうか。

　由姫は酔い過ぎると甘えん坊になる癖《くせ》がある。人目も気にせず甘えてくるから、周りの目が痛い。

　タクシーに乗ると、運転手が苦笑《にがわら》いを浮かべていた。

　由姫を後部座席に先に乗せると、こてんと俺の膝《ひざ》の上に頭を倒してきた。

「えへへ。ひざまくらー」

「シートベルトをしなさい」

起き上がらせ、シートベルトを着けると由姫はぶーと口を尖《とが》らせた。子供か。

「そんなのでアリスコアの代表が務まるのか？」

「つとまるもん」

つとまるもんて。

「…………………」

家までは二十分ほどだが、半分ほどの距離で、由姫はすぅすぅと寝息を立て始めた。

クールな彼女だが、寝顔は子供っぽい。若い頃の彼女はこんな感じだったのだろうか。

そうだ。今度、アルバムとかあるなら見せて貰おう。中学時代の由姫とか絶対可愛《かわい》い気がする。

目にかかった銀髪を俺が手で掻《か》き上げていると、由姫は頬を緩めて
「えへへ……正修……大好き」

と甘い声で呟《つぶや》いた。

いったいどんな夢を見ているのだろうか。俺は苦笑いを浮かべた。そして
「俺もだよ」

彼女の寝顔を眺めながら、俺は小さな声で呟いた。

第九話 若葉祭と最後の切り札

『それでは第二十五回、若葉祭を開催します』

若葉祭は会長の開会宣言で始まった。

昼の部は運動部が主催のイベント。

夕方の部は文化部が主催のイベントとなる。

運動部は野球部ならストラックアウト、バスケ部ならフリースロー大会のようなゲーム形式のイベントを行う部もあれば、ラグビー部のように食べ物の屋台を出している部もある。

生クリームなどは衛生上出せないので、たこ焼き、焼きそばなどの粉ものがメインだ。

俺《おれ》と由姫《ゆき》は生徒会の腕章をつけて、問題が起きていないか巡回していた。

とはいえ、問題が起きていない間は普通に祭りを楽しんでいいわけで。

「たこ焼きください」

巡回という名目で、俺は由姫と二人での学園祭デートを楽しんでいた。

俺と由姫の仲は、徐々《じょじょ》に噂になり始めていた。

白薔薇《ばら》姫と話すことの出来る、数少ない男子生徒だと。

付き合ってんの？と聞かれることもあるが、「八割くらいは攻略したな」とふざけた感じで答えるようにしている。

「白薔薇姫。やっぱ頭良いやつが好きなのかな」

「くっそー。俺も首席合格してたら、可能性あったのかな」

そんな噂がちらほら周りから聞こえる。

「………………………………」

噂の対象である由姫は上の空だった。

恐らく、夕方の部の心配をしているのだろう。

「有栖川《ありすがわ》もどうだ？」

俺はたこ焼きを一つ割りばしでつまむと、由姫に差し出した。

「いらない」

由姫はふるふると首を横に振る。

「食欲が無いの。朝もご飯が喉《のど》を通らなかったし」

由姫の顔は少しやつれている気がした。

「………………ほいっとな」

俺は由姫の小さな口の中にたこ焼きをねじこんだ。

「っーーーーー！」

猫舌の彼女はほふっほふっと、悶絶《もんぜつ》した後、ようやくたこ焼きを飲み込むと
「な、なにするのよ！」

と涙目で怒り始めた。

「食べないと夕方まで持たないぞ。朝も食べてない。昼も食欲が無い。その分だと、昨日の夜もロクに食べてないんじゃないか？」

「…………………」

図星なのか、由姫は俯《うつむ》いたまま黙り込んでしまった。

「俺達はやれることは全部やったんだ。あとはもう祈るしかないだろ」

「そうだけど……」

「…………………」

俺はため息を吐《つ》くと、周りに誰《だれ》もいないことを確認する。そして
「俺の手を握ってみてくれ」

「え……。な、何言ってんの？」

「いいから」

俺は強引《ごういん》に由姫の手を引っ張った。

「な、にゃにを……」

由姫は少しの間、顔を赤らめたが、俺の手に視線を移すと

「もしかして、震えてるの？」

と訊《たず》ねてきた。

「昔からの俺の癖《くせ》だ。緊張すると、震えが止まらなくなる。顔には出ないんだけどな」

「そう。貴方《あなた》も緊張してるんだ」

「そりゃそうだろ。負けたらなんでも言うことを聞くなんて言っちまったんだ。心臓バックバクだよ」

「自業自得でしょ。なんで、兄さんとそんな馬鹿《ばか》な勝負をしようと思ったの？」

「それは……」

理由は二つある。

一つは、「アメリカに行くのをやめて、父親の会社。アリスコアを継ぐ」という条件を飲ませたかったからだ。

優馬《ゆうま》は優秀だ。

彼がアリスコアにいれば、経営が悪化するのも防げる可能性が高い。

そうなれば、未来で由姫が身売りに出されることもなくなる。

そして、もう一つは――

「お前のことを馬鹿にされて、悔《くや》しかったからだよ」

これは正真正銘の本音だ。

俺の嫁を馬鹿にする優馬のことが許せなかった。だから、頭に血が上った勢いで賭《か》けをしてしまった。

「友達のことを悪く言われたら、ムカつくだろ。それでつい勢いで」

「そう……だったの」

由姫は髪をいじりながら、プイと顔をそむけた。

表情はわからないが、耳がほんのり赤くなっている気がする。

あれ？　もしかして照れてる？

と、その時、くぅと可愛《かわい》らしい音が、由姫のおなかから聞こえてきた。

どうやら、緊張の糸がほぐれたらしい。

「っ！」

「ぐへへへ。口ではそう言ってても体は正直じゃねぇか」

「うっさい！　変な言い方するな！」

早歩きで屋台に向かおうとする由姫を、俺は慌てて追いかけた。

＊＊＊

昼の部は大きな問題もなく終わり、夕方の部が始まった。

文化部主催のイベントが行われ、体育館では吹奏楽部の演奏や、軽音部のライブが人気を博していた。

特に俺達が予算をつぎ込んだイベントはどれもクオリティが高く、客の数も多かった。

「順調そうだな」

「そうね」

大きな問題も無く、夕方の部は進んでいった。

予算で揉《も》めたダンス部も、無事演劇部から照明を借りられたらしく、大胆なブレイクダンスを披露していた。

「ねぇ、ちょっと行きたいところがあるんだけど、いい？」

「行きたいところ？」

「うん。茶道部」

予算の件で由姫が揉めたもう一つの部だ。

茶道部の部室は、旧校舎の教室を改造する形で使われていた。改造と言っても、教室の中央に十畳ほどの畳が敷かれているだけだ。

「あ」

部長の木佐貫《きさぬき》先輩は、俺達を見ると、小さく会釈をした。

どうやら、今は客が誰もいないらしい。部屋の中には、着物を着た女子生徒が四人、いるだけだった。

「まず最初に謝罪させてください。予算の件、本当にすみませんでした」

「いえ、仕方ないです。実際、今年もお客さんが二十人ほどしか来ませんでしたから」

木佐貫先輩は苦笑《にがわら》いを浮かべた。

用意していた和菓子《わがし》は半分ほど余っていた。

茶道部のイベントが不評の理由はまぁ、大体想像がつく。

お茶を飲んで、和菓子を食べるだけだ。時間がかかるし、おいしい食べ物は外の屋台にいっぱいある。

大人ならともかく、思春期真っ最中の高校生にとっては、退屈に感じてしまうのだろう。

「若葉祭の成否は今後の生徒会の影響力にも関《かか》わってきます。成功させたい気持ちはよくわかりますから」

木佐貫先輩は深々と頭を下げた由姫に、頭を上げるよう促《うなが》した。

「お兄さんと勝負しているのよね。どちらの若葉祭が盛り上がるか」

「ど、どうしてそれを」

「私、貴方のお兄さんと同じクラスだから。妹と勝負することになったたって、話してるの聞いちゃった」

あの野郎。クラスメイトにも言いふらしているのか。

「おっしゃる通りです。私は私怨のために若葉祭を成功させようとしました。茶道部の予算を削ったのも、兄さんならきっとこうすると思ったからです」

由姫は過去の自分を恥《は》じるように、きゅっとスカートを握りしめた。

「でも、それじゃあ駄目《だめ》だと気づいたんです。兄さんに勝ちたいのに、兄さんの真似をしてどうするんだって」

由姫はもう一度頭を下げると
「来年は全《すべ》ての部に納得して貰《もら》えるような生徒会長になってみせます」

と迷いのない目で言った。

木佐貫先輩は優しく微笑《ほほえ》むと
「私は三年生なので、その光景を見られないのが残念です」

「あ……」

そうだ。来年は改善すると言っても、その頃には彼女は卒業している。由姫の変化を確かめる術《すべ》はない。

由姫が歯痒そうな表情をしているのに気付いたのか、木佐貫先輩はなにやら少し考えるような仕草をすると
「有栖川さん。十五分ほど、お時間大丈夫ですか」

と時計を確認して言った。

「え。はい。それくらいでしたら」

「では、お詫びとして、一つだけ頼みごとを聞いて貰えませんか」

＊＊＊

木佐貫先輩は、副部長っぽい人と一緒に、由姫を隣の部屋に連れて行った。

頼み事とは何だろう？

五分ほど経《た》っただろうか。残った茶道部員二人と適当に談笑をしていると、扉が開き、俺は振り返った。

「っ⁉」

心臓を矢に撃ち抜かれたような感覚だった。

そこにいたのは着物を着た由姫だった。

灰青色の唐草模様の着物だ。背が小さいせいでサイズはやや大きめ。

いつもの彼女に大人っぽさとしとやかさが加わっていた。

凛々《りり》しい大人の由姫ともまた違う。あどけなさの残る顔に、大人な雰囲気をまとわせたギャップを感じる可愛さだった。

ハーフである彼女には、着物は似合うのかという疑問だが、すごく似合っていた。

　そもそも、由姫は髪色と目の色以外は、日本美人の顔立ちだ。違和感が無いのはそれが理由だろう。

「有栖川、なんで……」

「木佐貫先輩の頼みなの。似合わないのはしょうがないでしょ」

　髪をいじりながら、由姫はぷいと目を逸《そ》らした。

「いや、滅茶苦茶似合ってるんだけど……。びっくりした」

「そ、そう?」

　俺が褒めると、由姫はまんざらでもない表情で、袖《そで》の模様を確認する。

「茶道部は年々部員が減っていて……。だから、部員募集のポスターに有栖川さんの写真を使わせてほしいんです」

　木佐貫先輩の手にはデジカメがあった。

　なるほど。由姫の美貌なら、かなり目を引く。興味を持ってくれる人も増えるかもしれない。

「でも、私は茶道部じゃないですよ。それって詐欺《さぎ》なんじゃ」

「では、今日だけ仮入部ということで」

　木佐貫先輩は眼鏡《めがね》をクイッと上げて、悪い笑みを浮かべた。

　この人、案外やり手だな。

「着物なんて初めて着たわ」

由姫は動きづらそうに、小さな歩幅で畳に座った。

「私、茶道なんてやったことないんですけど」

「やり方は教えますから安心してください」

木佐貫先輩は俺の方を見ると
「彼氏さんもこちらに座ってください。お茶も和菓子もいっぱい残っているので」

「彼氏じゃないです。ただの生徒会の仲間です」

そういえば、今までは怒りながら否定していた由姫だったが、今回は平坦な口調で否定していた。

このやり取りにも慣れてきたのかもしれない。俺は苦笑いを浮かべながら、彼女の隣に座ったのだった。

＊＊＊

日が傾《かたむ》いてきた頃。

俺と由姫は旧校舎の屋上に来ていた。

ここからなら、祭りの全体が良く見える。そう思ったからである。

時刻はもうすぐ十八時。片付け開始が十九時なので、あと一時間と少しだ。

「で、あれだけ大口を叩《たた》いた結果がこれか？」

旧校舎屋上にあるもう使われていないであろう貯水棟。その上に優馬はいた。

彼は貯水棟の横で寝そべりながら、携帯をいじっていた。

「兄さん……」

「正直がっかりだ。何かやってくれそうだと期待していたのによ」

優馬は梯子《はしご》も使わず貯水棟の上から飛び降りると、由姫の手に持っていたパンフレットを奪《うば》い取った。

「お前がやったのは……そうだな……。演劇部と吹奏楽部、映画部と料理研究部……あとはアナログゲーム部か？　この五つの予算を大幅にあげて、クオリティを上げたんだろ」

「そこまでわかるの……」

「パンフレット見りゃ一発だ。明らかにこの五つの部だけ、良い場所に配置されてっからな」

パンフレットを叩きながらため息交じりに言う。彼の瞳《ひとみ》には失望の色が映っていた。

「まぁ、俺も同じ手を取る。どうでもいい部を切り捨てて、見込みのある部の予算を上げる。ただ、それだけじゃ去年の俺の足元にも及ばねぇぞ」

優馬はフェンスにもたれ掛かると、道行く生徒達を見下ろす。

「他にも改善点が多すぎだ。例えば今、あいつらは腹すかしてんじゃねぇか？　今日は食堂は休みだからな。俺ん時は運動部の屋台を延長させて、夕方まで飯を食える状態にしたぜ」

由姫が黙り込んだのを確認すると、優馬は歪《いびつ》な笑みを浮かべながら俺へと視線を移した。

「あれからずっと考えてんだよ。お前に何を命令しようかってな。なんでも一つ命令出来るなんて、初めての事だからよ」

優馬は無邪気な子供のように、目を光らせていた。

彼は退屈していたのだろう。特に努力をせずとも主席を取れる。学校外で女漁りをするのも、海外で起業する計画を立てているのも、学園生活が退屈だからだ。

だから、突っかかってきた俺が面白《おもしろ》いおもちゃのように見えているのだ。

「とりあえず候補は三つくらいあるぜ。好きなやつを選ばせてやるよ。どれも一発で人生終了間違い無しだけどな」

「勝った時の事ばかり考えてますね」

「負けるわけがねぇからな」

優馬の表情は自信に満ち溢《あふ》れていた。去年の若葉祭のほうが上であるという自信があるのだろう。

「そういや、どうやって勝敗を付けるか、決めてなかったな」

優馬は携帯の時間を確認すると、オールバックにしていた髪の毛を下ろした。

「もうすぐここに去年の若葉祭を知っているやつが来る。勝負の結果はそいつに決めて貰うことにしようぜ」

優馬はネクタイを締め直し、背中のほこりをはらう。

しばらくすると、コツコツと階段の方から複数の足音がし、屋上のドアがギィと開けられた。

「おや。先客がいたねぇ……」

階段を上がってきたのは二人。一人は生徒会長。もう一人は初老の男だった。

歳《とし》は六十前後。ブランド物のスーツに高い腕時計。頭には黒い西洋帽子《ぼうし》を被《かぶ》っている。

ある程度政治に関心のある人間なら、全員が知っている。

重富勇雄《しげとみひでお》。

つい数年前まで、東京の都知事を務めていた男だ。

おそらく、この学園のOB会の頂点に立つ人だ。この学校のOBで財力を持った者は多々いるが、政界で成功を収めているのは彼一人だけだった。

だから、生徒会長が直々《じきじき》に案内をしているのだろう。

「君達もこの景色を見に来たのかな？　私が過ごしたのはこちらの校舎だったので、思い入れが強くてね。それに、ここからなら、学校全体が見渡せる」

風で帽子が飛ばされないよう押さえながら、彼はこちらへと歩いて来た。

「お久しぶりです。重富さん」

さっきまでの横暴な態度は嘘《うそ》のように、優馬は礼儀正しくお辞儀《じぎ》をした。

「おぉ。優馬君じゃないか。どうだね。調子は」

「学業、健康、共に順調です。恋愛の方はあまり順調ではありませんが……」

「ははは。学生のうちはそれくらいが良いと思うよ。すべてが上手《うま》くいくと、逆に楽しみが無いからね」

生徒会長が毎年、彼の案内役をするのであれば、去年は優馬が案内をしたのだ。

顔見知りなのも、ここに来ることを知っていたのもそのためだろう。

「それで、卒業後に会社を立ち上げる計画は進んでいるのかね？」

「はい。事業計画書を作って、知り合いに添削《てんさく》して貰っているところです」

「そうか。七芒学園《しちぼうがくえん》でも、卒業後すぐに米国で会社を作ろうとするのは君が初めてだからね。私も期待しているんだよ」

重富は髭《ひげ》をいじると
「そういえば、君が主催した、去年の若葉祭は見事だったね。今年も例年に比べればかなり優れているが、去年ほどは……」

「いえいえ、去年は運が良かっただけです。それに、若葉祭は比べるようなものでは」

「おぉ、すまない。比較するみたいになってしまったね」

「ちなみに、今年の夕方の部は彼女、私の妹が指揮を執《と》ったんですよ。まだ一年なのに、自慢の妹ですよ」

優馬はぽんと由姫の背を押した。

まったく。よくも思ってもいないことをべらべらと言えるものだ。

「ほう。それは驚いた。さすが、君の妹だねぇ」

その言葉を引き出した瞬間、優馬が心の中でゲスな笑みを浮かべているのがわかった。

由姫にとって、兄と比較されるのが一番嫌いなことであることを彼も理解しているからだ。

「良い勝負だったたな、由姫」

優馬はポンと由姫の肩を叩くと、そのまま顔を覗《のぞ》き込もうとする。

どんな表情をしているのだろうか？　悔しがって唇《くちびる》を噛《か》んでいるか？　それとも自分の無力さに絶望している表情か？

残念ながら、その希望に沿うことは出来ない。


俺の嫁を舐《な》めるなよ、クソ野郎。


「どちらが優れていたかは、お祭りが終わった後にしていただきたいです」

由姫は優馬の手を振り払うと、重富に向かって堂々と言い放った。

「え……」

ぽかんとした表情の重富を尻目《しりめ》に、由姫は空に向かって指をさした。

「私達が用意した切り札は、まだこれからですから」

ドォンドォン。

カチリと旧校舎の大時計が十八時を刻んだ瞬間、北口の方から轟音が響いた。

「これは……花火かね……?」

その辺に売っている小型花火だ。しかし、それが隠し玉というわけではない。

これはあくまで、生徒全員の注目を北口エリアへ向けることだ。

進入禁止のブルーシートが剝《は》がされ、北口エリアが解放される。

「ほぉ……」

そこにあったのは、本格的な祭りの屋台だった。

たこ焼き、焼きそば、イカ焼き、わたあめ、りんご飴、ベビーカステラ、チョコバナナ、かき氷。

営業許可申請が無いせいで、昼の部では出来なかった食べ物の屋台もその中にはあった。

「な、なんだこれ」

「こんなのパンフレットに書いてないぞ」

北口エリアの近くにいた生徒達の戸惑う声が聞こえてくる。

『ピンポンパンポン』

アナウンスが響き、聞き覚えのある女子の声が聞こえてきた。

『はろはろー。みんなのアイドル、下園理沙《しもぞのりさ》でーす！　皆、若葉祭楽しんでいるかにゃー？いだっ！　ちょ、菅田《すげた》っちなんで叩くの。え。真面目《まじめ》にやれ？　あ、すみませんでした。調子に乗りました』

副会長の声だ。相変わらず、遠くまでよく聞こえる声をしている。

『そろそろ、お腹《なか》空いてきたんじゃありませんかー？　そんな皆さんに朗報です！　北エリアに注目してください！』

副会長はすぅと大きく息を吸い込むと、音割れしそうなくらいの大声で叫《さけ》んだ。

『今年の若葉祭、最後の目玉イベント……『超本格、夏屋台』です！　もちろんすべてタダ！お腹いっぱいになるまで食べて行ってください！』

生徒達のざわつきが大きくなる。

「まじか！　ちょうど腹減ったたんだよ」

「北エリアをブルーシートで囲ってたの、このサプライズのためだったんだな」

「おい！　早く行こうぜ！」

我先にと言う感じで生徒達が北口へと向かっていく。

「ほぉ……。こんなサプライズを用意していたとは……」

重富は驚いたようにその光景を眺めていた。

「おい。こりゃ、どういうことだ？」

視力の良い優馬はすぐに気づいたようだった。この隠し玉の違和感に。

「屋台を回しているの……全員、生徒じゃねぇ……。大人じゃねぇか」

口調も崩れるほどに、優馬は動揺していた。

「教師……じゃねぇ。誰だ。業者か何かを呼んだのか？」

「違いますよ。俺達は彼らに一円も予算を使っていません」

「じゃあ、誰なんだ？　あいつらは」

「それは――」

俺は口にする。俺達に協力してくれた彼らの正体を。

＊＊＊

一週間前。

市の自治会の会合の席に、俺と由姫は参加させて貰っていた。

会合と言っても、公民館で自治会の重役達が出前を取って飲み食いするだけだ。しかし、流石《さすが》に住宅地の多いこの町。重役だけでも三十人以上はいるようだ。

「それで、何の用だ？　七芒の学生さん達？」

「俺らも暇《ひま》じゃないんでね。手短に頼むよ」

俺達の前に座っていた中年男二人が机をとんとんと叩きながら言う。

早く呑《の》みたいのでさっさと用事を済ませろという顔だ。

やはり歓迎ムードではないな。

「大丈夫か？」

「大丈夫よ」

アウェー状態で、これだけの大人を相手に話をするのは、由姫にとっても初めてのことだろう。

しかし、由姫は少しもひるむことなく、一歩前に出た。

「お時間を取っていただきありがとうございます。このたびは我が校との交流の再開のお願いにきました」

会場中がざわつく中、由姫は深々と頭を下げた。

この前、菅田先輩から聞いた五年前に七芒学園と自治会が揉めたという件。

今日はその交流再開のお願いに来たのだ。

「初めに謝罪をさせてください。五年前、ご迷惑をおかけしましたことをお詫びいたします」

「そうだな。アンタら学校が周りの住民も気にせず好き放題やらかしたこと、俺達は忘れちゃいねぇ」

「厚かましいお願いであることは重々承知しております」

由姫に合わせ、俺も深々と頭を下げる。

「我々は関係回復を望んでいます。あの問題が起きるまでは、我が校は皆さんと深いつながりがあったと聞いております。白花公園の合同清掃ボランティアに、ひまわり老人ホームへの催《もよお》し物披露、自治会の皆さまには支援金以外にも、若葉祭への屋台の出店など、様々なサポートをいただいておりました」

生徒会には過去の資料がたくさん残っていた。俺達は十年以上前の記録を調べ上げ、彼らとどのような交流があったかあらかじめ頭の中に叩き込んでおいた。

「ず、ずいぶん詳《くわ》しいんだね。アンタ、今の生徒会長かい？」

「いえ、私は生徒会ではありますが、会長ではありません」

「ってことは三年生か？」

「いえ、一年です」

「一年⁉　ってことは、つい最近まで中坊だったたってことじゃねぇか！」

会場内が更にざわつく。

「高一ってこったぁ、うちの娘と同い年じゃねぇか。ほぇーしっかりしたもんだねぇ」

「最近の子は皆こんな感じなのかい？」

「いやいや。うちの子はもう三年になるのに、受験勉強せず携帯をぽちぽちいじってばっかだよ」

堂々と話をする由姫を見て、感心する声が大きくなる。

よし！　良い流れだ。俺は心の中でガッツポーズをした。

「なぁ、もう許してやってもいいんじゃねぇのか？」

「そうだな。俺は最近入ったから良く知らねぇけど、昔は仲良かったんだろ？」

「こんな可愛い子にお願いされちゃな……」

やはり。彼らの様子からして、全員が、七芒学園を敵視しているわけではないようだ。

嫌《いや》な思いをした一部の住民が周りを巻き込んで騒ぎ立てているのだろう。

「待て待て待て、なに流されようとしてんだお前ら。俺らがどんだけ迷惑をかけられたのか忘れたのかよ」

後ろの方に座っていたアロハシャツの小太りの中年が立ち上がった。

「会長の五十嵐貞夫《いがらしさだお》だ」

そう名乗ると、ガラの悪い歩き方で由姫の方へ詰め寄ってきた。

「俺達が何度苦情を言っても、アンタらは無視を決め込んできやがったんだ。それを一回の謝罪で許すと思ってんのか」

「どうすれば許して貰えるのでしょうか」

「そうだな……」

五十嵐はにやりと嫌な笑みを浮かべる。

「もっとお偉いさんの謝罪があれば、考えてやらんでもないな。ま、考えるだけで、許すと断言は出来ねぇが」

彼を説得できなければ、俺達の作戦は失敗に終わる。

「有栖川……」

「大丈夫。想定範囲だから」

この場に来る前、俺は由姫と一緒に、色んな討論パターンをシミュレーションしておいた。

ただ、今回のパターン。クレーマーのように感情論でごねてきた場合の対応は、一番難しいものだった。

本当に大丈夫だろうか？　心配する俺の表情を察したのか
「貴方は十分頑張《がんば》ってくれたわ。次は私が頑張る番」

由姫はそう呟《つぶや》くと、凛《りん》とした表情で五十嵐と向かい合った。

「一つだけ質問をいいですか？　停止した七芒学園への支援金はもうすべて残ってないのでしょうか？」

「あ？　いや、一応貯めてある。前会長の指示でな。もう使うことはねぇだろうし、来年には別予算に回す予定だが……」

「そうですか。でしたら……」

由姫は胸に手を当てながら、にこりと微笑んで言った。

「それを全部、私に投資して貰えませんか」

「…………………………………………は？」

五十嵐も他の皆も、あっけにとられた。

「私は来年、生徒会長になります。そのためには来週の若葉祭の成功が必要不可欠と考えています。そこで行うメインイベントに、支援金をすべてつぎ込ませてください」

由姫は呆然《ぼうぜん》としている五十嵐へと詰め寄った。

勢いに押され、巨体の五十嵐が一歩後ろに下がる。

「五十嵐さん。偉い人の謝罪が欲しいと言っていましたが、具体的にはどなたの謝罪が必要ですか？」

「え。そ、そりゃ、一番偉いっていうと、理事長になるだろうよ。理事長が頭を下げて謝ってきたら、俺達も納得だ」

「では、私が生徒会長になったら、理事長に土下座させます」

全員、開いた口が塞《ふさ》がらなかった。

滅茶苦茶だ。理事長に土下座を強要できる生徒会長がどこにいる。

「そんなのできるわけ……」

「出来ます。生徒会長のみが参加できるOB会というものがあり、理事長よりも強い権限を持つOBが何人かいます。その方々の力を借りれば可能です」

ごねてきた相手を制す方法。

それは、相手に明確な条件を提示させ、それを呑んでしまえばいいのだ。

条件を提示してしまった以上、相手はそれ以上ごねることは出来ない。

可能、不可能は考慮しない。重要なのは、弱気を見せないこと。そして『コイツならやってしまうかもしれない』という雰囲気を持たせることだ。

「っ…………」

五十嵐は必死に、由姫の言葉の穴を探そうとする。

だが、彼はOB会のことなど、七芒学園の詳しい内部状況は知らないのだろう。

もごもごと口を動かすだけで、反論の言葉はもう出なかった。

「すごく口達者ね。あらかじめ、想定していたのかしら」

シンと静まり返った部屋の中、パチパチパチと入口の方から拍手が聞こえてきた。

そこには、優しい表情をした初老の女性が立っていた。

「ふ、藤宮《ふじみや》さん……」

彼女を見た途端、会場の皆がざわついた。

「五十嵐さん。それくらいでいいんじゃないかしら」

「あ、姐《ねえ》さん……」

彼女を見た途端、五十嵐はさっきまでのでかい態度が嘘のように、体を縮こまらせた。

「すみません。遅くなりました。この子がどうしても一緒に行きたいと言ってきかなくて」

彼女の後ろからひょこりと、小さな幼女が顔をだした。

そして、由姫の顔を見るや否《いな》や
「やっぱり、ゆきおんなのおねえちゃんだーーー！」

そう叫んで、小さな歩幅でとてとてと駆け寄ってきた。

「だから雪女じゃないってば……」

由姫は苦笑いを浮かべつつも、彼女を抱き上げた。

そう。彼女は一か月前、俺と由姫で送り届けた迷子の少女、藤宮あやかちゃんだった。

「改めましてごあいさつを。藤宮久乃《ひさの》と申します」

「七芒学園一年の有栖川由姫です」

「同じく一年の鈴原正修《すずはらまさおみ》です」

お辞儀をした彼女に、慌てて俺達もお辞儀で返す。

「だけど、よくわかりましたね。私が会長をしていたのは五年も前ですのに」

「はい。偶然、その時の写真を見つけまして」

俺は懐《ふところ》から一枚の写真を取り出し、彼女へと見せた。

五年前の生徒会長と、久乃さんが握手をしている写真だった。生徒会室で偶然見つけたこの写真。

まさかと思い、当時のことを知る先生に聞いたところビンゴだった。

連絡を取り、今日、この場に招待してくれたのも彼女の計らいである。

「今はもう退《ひ》いた身なんだけどね。たまにこうして会合に顔を出させて貰ってるの」

久乃さんは口に手を当てながらおほほと笑った。

「あ、姐さん。この子達、貴方の知り合いだったんですかい？」

五十嵐がおずおずと訊ねてきた。

「ええ。この二人よ。迷子のあやかを保護してくれたの」

「え。この子達が……」

「この前言ってたやつか」

どうやら、以前の会合で俺達のことを既に話していたのか、会場がざわついた。

久乃さんはこほんとせき込むと、駄々をこねる子供に言い聞かせるような声色で
「五十嵐さん。もうつまらない意地を張るのはやめましょう」

「だ、だけどよう。こっちにも面子《メンツ》ってもんが……」

「面子？　五年前の話をいまさら持ち出して、子供相手にごねるのが面子を守ることになるのですか？」

「うっ……」

さっきからの様子を見るからに、力関係は彼女の方が上のようだ。今までの横暴な態度が嘘のように、五十嵐は大人しくなっていた。

「おじちゃん。ゆきおんなのおねえちゃんいいひとだよ」

あやかちゃんが、五十嵐のズボンをくいくいと引っ張る。

ナイス援護射撃だ。あやかちゃん。

「そっちのおにいちゃんもおかしくれたり、きんいろのたまをみせてくれたし」

金色のバッジね！　その言い方だと俺、金玉を露出しながらお菓子を配る変態じゃん！

五十嵐はおもむろに髪の毛をかきむしると
「あぁ、わかりましたよ……。そうだよなぁ。俺達のゴタゴタは俺達の世代のうちに片付けないとなぁ」

と呟いた。

「理事長の土下座はもういいや。そんなこと、どうでも良くなっちまった」

五十嵐は由姫の方に振り返ると頬《ほお》を掻《か》きながら言った。

そして、豪快な笑みで腕組みをし、

「今はそれ以上に、アンタみたいな子が生徒会長になった学園を見てみてぇ」

「そ、それでは……」

「あぁ、アンタの口車に乗ってやるよ」

そう言って、五十嵐はごつごつの手で、由姫と握手をした。

＊＊＊

「すげぇ！　滅茶苦茶うめぇぞ！」

「さすが本場の屋台は違うな。店の人ら、ＯＢなのかな？」

「さっき聞いてきたけど、自治会の人達だってよ。今年から毎年、若葉祭に店出してくれるそうだぜ」

サプライズのアナウンスから五分。屋台には大行列が出来ていた。

昼の屋台は所詮、学生が見よう見まねで作った料理ばかりだ。大人が整った設備で作るものとは比べ物にならない。

氷水でキンキンに冷えたジュース。アツアツのたこ焼きに焼きそば。それが飛ぶように売れていく。時間的にちょうど腹も空いた頃だ。喰《く》い盛りの学生にとって、祭りの屋台ほどテンションの上がるものはない。

　さすがに急だったので、集まった自治会のメンバーは二十人ほどだったが、全員が快く引き受けてくれた。

「ほら、マヨネーズと青のりたっぷり焼きそばおまち！　いっぱい喰いな！」

　あれだけごねていた五十嵐のおっさんも、楽しそうに焼きそばを焼いている。頑固おやじ気質なだけで、普段は子供好きの良いおっさんなのかもしれない。

「ほぅ……。たしかここ数年、自治会とは仲が悪かったはずだが」

　重富は興味深そうに顎髭《あごひげ》をいじりながら、ぎょろりと目を動かした。

「君の手腕かね？　生徒会長」

「いえ、私ではありません」

　会長はふるふると首を横に振ると、由姫の背をぽんと叩いて、重富の前に押し出した。

「すべて彼女のお陰です。可愛くて、優秀な後輩なんですよ」

「ほう。君が……」

　重富は由姫とじっと見る。

「どうやって自治会との仲を取り持ったんだい？」

「誠意を込めてお願いに行きました。それが一番かと思いまして」

「なるほど。ずいぶんとまっすぐな子だね」

重富の目の色が変わったのがわかった。今まで優馬の妹としてみていたのが、今はただの有栖川由姫として、彼女を見ているのがわかった。

「そういえば、名前を聞いてなかったね」

「有栖川……由姫です」

「有栖川由姫さんだね」

重富は帽子を取ると、彼女と握手をした。

「有栖川由姫さん。この学園のOBとして、お礼を言わせてほしい。ありがとう」

「は、はい」

重富は帽子を被りなおすと、くるりと振り返り

「さて、私もOB代表として、自治会の方々に挨拶《あいさつ》をしたいのだが……」

「現会長の五十嵐さんはあちらで焼きそばを焼いています。仲裁を取り持っていただいた藤宮さんでしたら、あちらの屋台の裏で指揮を執られているかと」

「そうか。それじゃあ、その二人に挨拶に行ってこようかね」

「ご一緒します」

会長は五十嵐と一緒に屋上から出て行こうとしたが、途中で足を止めると、優馬のほうへ

「優馬先輩もご一緒にどうですか？　最後の若葉祭を楽しんでいただきたいですし」

「あ、あぁ……」

会長は呆然としている優馬の背を押して、一緒に屋上を出て行った。

ちらりと俺の方を振り向いてウインクをしたので、彼女なりに俺達に気をつかってくれたのだろう。

屋上に俺と由姫だけが残され、静寂が訪れた。

由姫は
「ねぇ、私、勝ったのかな……」

とぽつりと言った。

「重富さんの反応を見ただろ。お前は五年も続いていた、自治会とのわだかまりを解消したんだ。それは、あいつにはできなかったことだろ」

俺はポンと由姫の肩を叩いて彼女に言い聞かせた。

きっと彼女はこの言葉を聞きたくて、今までずっと頑張ってきたのだから。

「正真正銘、お前の勝ちだよ」

「………………」

由姫はしばらくの間、呆然としたあと
「ひっく……」

ぽろぽろと大粒の涙がこぼれだした。

それからしばらくの間、彼女は静かに泣き続けた。

これが悲しみの涙ではなく、嬉《うれ》し泣きであることを俺は知っている。

そんな彼女の姿が誰にも見えないように、俺は彼女を腕で包み込むように、胸を貸してやった。彼女の涙がワイシャツに染み込んでいく。

「誰も見てないから好きなだけ泣いとけ泣いとけ」

彼女が勝ってくれたことも確かに嬉しかったが、それよりも——

誰にも涙を見せようとしない気高《けだか》い彼女が、俺の胸の中で泣いてくれたことが嬉しかった。

＊　＊　＊

「いったいどんな手を使った⁉」

祭りの片付けが始まった頃、俺は優馬に校舎裏に呼び出された。

優馬は俺を見るやいなや、胸倉に摑《つか》みかかってきた。

「なんで、自治会のやつらがあんなに協力的なんだ？　たしか自治会の会長は五十嵐とかいうクソ親父だろ。あいつとの関係修復は絶対に無理だと思ったぞ」

「それだけ詳しいってことは、先輩も俺達と同じようなことをしようとしたんですね」

「っ……」

図星だったのか、優馬の歯がぎりっと音を立てた。

自治会との関係修復。もしそれを成せればOB会からも多大な評価をもらえる。

だが優馬には無理だった。

「由姫が説得したんですよ。それ以上でもそれ以下でもありませんよ」

「由姫が……？　お前じゃなく由姫がか……？　う、嘘をつくんじゃやねぇ！」

今の優馬には前のようなカリスマ性はもう無かった。自分の思った通りにならなくて癇癪《かんしゃく》を起しているただの子供にしか見えなかった。

由姫と自治会とのやり取りを教えると優馬は
「なんだそりゃ……」

と言い、俺の胸倉から手を離した。

「迷子の子供を助けた？　そのガキの祖母が自治会の元会長だった？　ふざけんな。ただ運が良かっただけじゃねぇか」

「あぁ、そうですね。運が良かった」

そう。運が良かった。だけど、それだけじゃない。

「だけど、先輩が同じ立場だったらどうですか？　由姫と同じことをしましたか？」

「っ…………」

優馬は無言で唇を噛み締《し》めた。

「会長の孫だとわかっていたら助けたかもしれませんね。しかし、あの時点であの子はただの迷子の子供だった。先輩ならきっと見捨てたでしょう」

曲がったネクタイを直しながら、俺は淡々《たんたん》と事実を吐き捨てる。

「結局のところ、先輩が自分と違うと吐き捨てた、由姫の甘さが、優しさが、先輩に勝てるたった一つの手段だったたってわけです」

「…………………」

ガッと優馬は左拳《こぶし》で校舎の外壁を殴った。冷静になるために怒りをぶつけたかったのだろう。

彼は深呼吸をすると

「自治会の件は褒めてやる。だが、今回の勝負は『どっちの若葉祭が優れていたか』だ」

「…………………」

たしかに。

由姫が成し遂げた功績は大きいが、それのお陰で去年の若葉祭を超えるものになったかと言われると微妙だ。

「……とはいえ、それで勝ったって言えるほど、俺の面《つら》は厚くねぇ」

「じゃあ、どうします?」

「引き分けでいいだろ」

「仕方ないですね。引き分けにしてあげます」

「なんで上から目線なんだよ」

優馬は苦笑いを浮かべると
「ちなみに、もし俺に勝ったら、何を命令しようとしていたんだ？」

「そうですね。あれだけ壮大な人生計画を聞かされたんで、それを阻止してやろうと思いました」

俺はポケットに手を入れながら、邪悪《じゃあく》な笑みを浮かべる。

「例えば、アメリカに行くのをやめて、父親の会社。アリスコアを継ぐ……とか」

「性格悪いな、お前」

本当は若葉祭に勝って、優馬にアリスコアを継ぐという条件を呑ませたかったのだが、そこまで上手くはいかなかったな。

仕方ない。アリスコアの経営悪化は、別の手段で防ぐことにしよう。

「それじゃあ、片付けにいかないとなので、俺はこれで」

「ちょっと待て」

去ろうとした俺を優馬が引き留めた。

「なぁ、由姫じゃなく俺に付かないか？　卒業まであと半年、お前のような腹心がいると、俺も気が楽だ」

「俺が首を縦に振ると思いますか？」

「お前、由姫に惚《ほ》れてるんだよな」

「…………………………………」

返答をしない俺に、優馬はそれを肯定とみなしたのか、俺の肩をぽんと叩くと
「可愛い女なら俺が用意してやる。由姫より可愛くて、ヤレる子をな」

と、にやけ面でささやいてきた。

本当にコイツは……。性格の悪さは父親に似たんだろうな。

俺は苦笑いを浮かべると
「それは魅力的な提案ですね」

「だろ」

「ただ、それは実現不可能ですよ。由姫より可愛い女なんていませんから」

「なんで断言できる？　探せばいると思うぜ。高校生になりたてのお前は、世の中の広さを知……」

「知ってますよ」

俺は優馬の大きい手を払いのけると、暗くなってきた空を見上げながら言った。

「由姫より可愛い女性はいませんよ。とりあえず、これから十五年ほどは」

間話Ⅵ ❤❤❤ 白薔薇姫《しろばらひめ》の悶々《もんもん》

若葉祭の夜。

私、有栖川由姫《ありすがわゆき》は湯船に浸《つ》かりながら、天井《てんじょう》を眺めていた。

まだ興奮が治まらない。心臓がバクバクいって、体中が熱い。ぬるい温度のはずなのに。

「私、本当に兄さんに勝ったんだ」

私だけの力じゃないことはわかっている。それでも、兄さんに勝ったのは生まれて初めてのことだ。

皆に褒められたの……。嬉《うれ》しかったな……。

だけど、一番嬉しかったのは、アイツが「私の勝ち」って言ってくれた時だ。

「っーーーーーーーーー！」

私は自分がやってしまったことを思い出す。

そうだ。私、アイツの前でわんわん泣いてしまったんだった。

「わー！　わー！　忘れろ！　忘れろ！」

頭をぽかぽか叩《たた》いて、恥《は》ずかしい記憶を消そうとする。

しかし、そんなこと上手《うま》くいくはずもなく、アイツの顔が頭から消えてくれない。

子供みたいに泣きわめいてしまって……。明日からどんな顔でアイツと会えばいいの。

「というか、一体何なの、アイツ……」

普段はアホっぽい言動をするくせに、妙なところで気が利《き》くし。

年上相手に全然怯《ひる》まないし。

ガキっぽいと思ったら、急に大人みたいな余裕を見せるし。

あんな男子、今まで会ったことがない。

そういえば、アイツ、私が泣いている時、抱きしめてきたのよね。アイツは泣いてるのを誰《だれ》にも見せないようにとか言ってたけど、周りからは私から抱き着いたみたいに見えていたんじゃないだろうか。

「…………………」

男の人に抱きしめられるなんて、初めてだ。すごく安心して、なんだか頭の中がぶわぁと温かくなる気分だった。

テレビで女の人が恋人とハグすると安心するって言ってたけど、こんな気分のことなのだろうか。

「恋人……」

アイツは私のことを好きって言っていた。じゃあ、私はどうだろう。

私は恋をしたことが無い。だから、今の私の気持ちが恋なのか、確かめる術《すべ》はない。

試しに私がアイツと恋人になった未来を想像してみた。

休みの日に二人でデートをしたり。

手を繋《つな》いで一緒に帰ってみたり。

キスとか、それ以上のことをしてみたり。

「っーーーーーーーー！」

私は立ち上がり、湯船から出た。

やっぱり無理！　そんなの恥ずかしすぎる！　鏡を見ると私の顔は茹《ゆ》でダコのように赤くなっていた。頭もくらくらする。

長い時間、湯船に浸かりすぎたのかもしれない。風呂《ふろ》から出てパジャマに着替えると、私は自分の部屋の布団《ふとん》に飛び込んだ。

そうだ。ドライヤーで頭を乾かさなきゃ。そう思ったけど、なかなか体が動かない。

お風呂から出た途端、今日の疲労がどっと襲ってきた。

「何か……お礼した方がいいかな……」

アイツは私のためにあれだけ頑張《がんば》ってくれた。

何もお返しをしないというのは、私のプライドが許さない。

とはいえ、お返しって何をすればいいんだろう。

物？　でも、男の子が何を貰《もら》って喜ぶかなんてわからない。

そうだ。メールで何か欲しいものがないか、聞いてみよう。

私は机の上に置いてある携帯を手に取ると、慣れないメールを打ち始めた。

「……………うーん。これだとちょっと硬すぎ？」

何度も書いては消してを繰り返す。あれ。メールってこんなに書くの難しかったっけ。

「くしゅん！」

体が冷えてしまった。そういえば、頭乾かすの忘れてた。時計を見ると、いつのまにか三十分近くメールを書いていた。

『若葉祭。色々とサポートしてくれてありがと。お礼をしたいんだけど、何が欲しいものとかある？』

よし。これでどうだろう。

送信ボタンを押す前に、もう一度声に出してメールを読んでみる。

「………………………」

駄目《だめ》！　私は戻るボタンで後半の文章を削除した。

アイツのことだ。絶対変な頼み事をしてくる！　えっちなこととか！

とりあえず、メールではお礼だけ言っておいて、欲しい物は後で考えよう。

送信ボタンを押して、私はもう一度仰向《あおむ》けでベッドに転がって天井を仰《あお》いだ。

「欲しい物か…………………あ」

思い出した。

そういえば、アイツ、前に一緒に買い物に行った時言ってたっけ。

「たしかに欲しいって言ってたけど……あれは…………うぅ……」

私は布団をかぶって、悶々とする。

その日は全然眠ることが出来なかった。

エピローグ

由姫《ゆき》の様子がおかしい。それに気づいたのは、学年集会が終わった後の昼休みだった。

あぁいうのは、なにか隠し事をしている時だ。昔、俺《おれ》の誕生日にサプライズをしてくれた時、あんな感じだった。

「っーーーー！」

由姫は弁当箱を手に持つと、教室を飛び出していった。

外で食べるつもりなのだろうか？　いつもは一人で教室で弁当を食べるのに、妙だな。もしかして、誰《だれ》かと一緒に食べる約束をしていたりするのだろうか？

帰ってきたら聞いてみよう。そう思いながら、食堂へ行こうとしていると、ポケットに入れていた携帯が振動した。

由姫からのメールだった。

『いますぐ生徒会室に来て』とだけ書かれている。

生徒会室？　なんで昼休みに？

『食堂で飯食ってからでもいいか？』と送ると

『駄目《だめ》。先に来て』とすぐ返ってきた。

一体何なんだ？　今日は日替わり定食がチキン南蛮なので、楽しみにしていたのに。

生徒会室のドアを開くと、そこには机に背を預けた由姫が立っていた。

「ん」

由姫は俺が入ってきたのを確認すると、説明も無しに、弁当袋を突き付けてきた。

「なにこれ？」

「わ、若葉祭で色々と助けてくれたお礼」

「お礼？」

「前に一緒に買い物に行った時、言ってたでしょ。か、可愛《かわい》い女の子の手料理が食べてみたいって」

え⁉　マジで⁉

目の前に出された弁当袋が急に黄金色に光りだしたように見えた。

「言っとくけど、あくまでお礼ってだけだから。誰にも言いふらしたりしないで……って、なに泣いてるの⁉」

「いや、感動して」

「そんなに⁉」

だって、由姫の手料理はもう半年近く食べられてないんだ。

「そこまで喜ばれると、なんか怖いんだけど」

由姫から受け取った弁当箱の包みを解く。

そして、小さな弁当箱を開けると、卵焼き、ほうれん草のお浸し。ミニハンバーグ。定番のおかずがみっちりと詰められていた。

「有栖川《ありすがわ》も食べないのか？」

「え。あ、あぁ、食べるけど」

由姫は自分の弁当の包みも開かず、髪をいじりながらじっと俺を見ていた。

あれは緊張しているときの仕草だ。

料理が美味《おい》しいか不安なのだろうか。

彼女の料理の腕が確かなことを俺は知っている。俺はまず卵焼きを口に入れた。

「……………………」

あれ？

思っていたのと少し違う。

卵焼きは焼きすぎで硬いし、ほうれん草のお浸しも茹《ゆ》で時間が足りないのか、苦みが残っている。

味付けは一緒なのだが、どれも未来のものに比べて劣《おと》っている。

美味しいかまずいかで言えば、美味しいのだが、イメージをやや下回っているというか。

つまり、由姫の家事スキルはこれから成長していくわけか。

「ど、どう？」

「青春の味がする」

「なにそれ。褒めてんの？　けなしてんの？」

由姫は眉《まゆ》をひそめながら、自分の弁当を口にしていた。

「あー。ご馳走様《ちそうさま》」

男子高校生にとっては物足りない量だが、仕方ない。男子高校生がどれくらい食べるのかも知らないのだろう。

「じゃあ、これで貸し借り無しね」

「えー。あと３００食は食べたい」

「何さらっと一年分を食事を要求してるの。一食でチャラよチャラ」

由姫はため息を吐《つ》いた後、綺麗《きれい》に食べきった俺の弁当箱をちらりと見ると

「ま、まぁ、貴方《あなた》毎食学食みたいだし、たまに作りすぎた時は、持って来てあげてもいいけど」

とぼそりと言った。

由姫が食べ終えるまで、俺が待っていると

「ねぇ、貴方って人の心が読めたりするの？」

と由姫が訊《たず》ねてきた。

「なんだ、藪《やぶ》から棒に」

「貴方、たまに妙に鋭い時があるから。テストの成績が良いのもそれなら説明つくし」

「カンニングを疑《うたぐ》ってんのか？」

内心俺は焦《あせ》っていた。俺の察しの良さは未来の彼女を知っているからだ。

タイムリープをしたことはバレていないだろうが、こんな質問をしてくるということは、
彼女なりに違和感を感じているからだろう。

由姫は椅子《いす》を回転させ、俺の方を向くと
「試しに私が今、何を考えているか当ててみて」

と目を閉じて言った。

「んな無茶な……」

俺は由姫の方を向くと、頬《ほお》をぽりぽりと掻《か》きながら
「えっと、『喉《のど》が渇《かわ》いた』とか」

「ハズレ。少しも合ってない」

「だから俺は超能力者なんかじゃないって。期待に応《こた》えられなくて悪かったな」

「別にいい。それはそれで安心するから。頭の中を覗《のぞ》き見されるなんて、絶対に嫌《いや》だもの」

満足したのか、由姫は弁当袋を包み始めた。

「それで？　実際は何を考えていたんだ？」

「それは……」

何故《なぜ》か由姫の顔が真っ赤《まっか》に染まる。

「な、なんでもいいでしょ！」

「？」

何故怒る。やっぱり、未来の由姫とは違うところがたくさんあるなぁ。

まぁいい。それを知っていくのも二度目の青春の楽しみだ。

だって、俺だけが知っている彼女も、俺の知らない彼女も両方知りたいのだから。

おまけ 結婚届と婚約指輪《未来》

「意外とあっさり終わったな」

「そうね」

初めての休日。俺達《おれ》は役所に結婚届を出してきた。

もっと色んな手続きがあるのかと思ったが、届け出に不備が無い事を確認されただけで、思ったよりあっさりと終わった。

これで俺も既婚者か……

ちらりと俺の隣を歩く由姫《ゆき》を見る。

こんな可愛《かわい》い人が俺の嫁？　過去の俺に今の光景を見せたら、「美人局《つつもたせ》だ。気を付けろ」と警告されるだろう。

「鈴原《すずはら》由姫……鈴原由姫……」

と、由姫がぶつぶつとなにか呟《つぶや》いていた。

「どうかした？」

「あ……。えっと、苗字《みょうじ》が変わるのって、不思議な感じだなーって思って」

「平凡な苗字ですまん……」

彼女の苗字である有栖川《ありすがわ》。

対して俺の苗字の鈴原。

比べてみると、響きもオシャレさも劣《おと》っている気がする。

「え。全然嫌《いや》じゃないよ？　というか、父さんと別姓になってせいせいするし」

由姫は慌てて否定した。

「そう言って貰《もら》えると助かる……」

俺の方の手続きはこれで完了だが、由姫の方は苗字変更の作業がまだ残っている。

「そういえば、結婚式、本当にいいのか？」

「うん。やらない」

父親の件もあるので、結婚式は行いたくないというのが由姫の要望だった。

俺も別に結婚式にこだわりがあるわけではないので良いのだが……。

ただ、ウェディングドレスの彼女が見られないのは、少し残念だな。

新婚旅行と一緒に二人だけで式を挙げるという手もあるが、最近は仕事が忙しく、長期休暇を取れるのはもう少し後だ。

「あ、でも、結婚したこと、伝えたい友達がいるから、今度連れてきてもいい？」

「もちろん」

初めて会った日と比べると、ずいぶんと表情が柔らかくなったな。そう思いながら俺は頷《うなず》いた。

これで俺達は夫婦か……。だけど、結婚式も新婚旅行も無し。

なにか形になるものを残したいな……。

そう思い、俺は重大な事を忘れていたのを思い出した。


あれ？　俺、婚約指輪プレゼントしてなくね？


サーッと体中から血の気が引いていく。

しまった。結婚式や新婚旅行にばかり気を取られていて、指輪の事を完全に失念していた。

どうしよう……。普通、結婚届を出す前に渡すべきだよな？

「？　どうしたの？」

由姫は頭を抱えている俺を見て、首を傾《かし》げた。

「あ、あのさ、指輪を買いに行かないか？」

「指輪？」

「あぁ。婚約指輪……。ごめん！　完全に忘れていた」

「あー……」

由姫は「そういえばそういうのもあった」みたいな表情。あれ？　もしかして、由姫も忘れていた？

「別に無くてもいいけど」

「え……」

無くてもいい？

俺が固まっていると、由姫は慌てて

「あ、忘れていたのを怒ってるわけじゃないよ？　私も忘れてたし。プレゼントは嬉《うれ》しいけど、別に指輪である必要がないっていうか……」

「そうなのか？　女の人は、皆欲しがるものだと思ってた」

俺の今までの元カノは、全員宝石やブランドものが大好きだったから。由姫もそうだと思い込んでいた。

「うーん。どうせなら新しい洗濯機とかのほうが欲しいかも」

「せ、洗濯機……」

なんだろう。怒っていないのはホッとしたが、いらないと言われると複雑な気分だ。

家庭的な女性で嬉しいと喜ぶべきなのだろうか？

俺はしばらく考え込む。

結婚式も無し。新婚旅行もしばらくはいけない。

そのうえ、婚約指輪も無しというのは、さすがに可哀想《かわいそう》じゃないか？

きっと彼女は遠慮しているわけではない。必要ないと言うのは彼女の本音だろう。

だけど……

「あ、雨……いや、雪……？」

水気の混じった雪が、ぽとりぽとりと落ち始めた。

「傘持って来て無いし、本降りになる前に帰りましょ」

由姫は早歩きで家のほうに歩き出そうとする。

そんな彼女の左手を俺はきゅっと握りしめた。

「え」

由姫は振り返り、驚いた表情でまばたきをした。

「やっぱり婚約指輪、買いに行こう！」

「ど、どうして？　私、別に……」

そう、これは俺のわがままだ。

彼女を妻として迎え入れる覚悟を形で示したいと言う、俺の勝手なわがままだ。

「由姫の指ってさ、細くて綺麗《きれい》だよな」

俺は握った彼女の左手をまじまじと見た。俺の手と彼女の手は全然違った。彼女の指は細く滑らかで、柔らかかった。

「な、なに？　急に」

雪が落ちた彼女の手を、俺は両手で包み込む。

そして、戸惑う彼女の目をじっと見つめると
「この手を、君を、他の誰《だれ》にも渡したくない。その証として婚約指輪を買いたいんだ」

と真剣な声で言った。

「しょ、所有権を主張するなら、結婚指輪でもいいんじゃ……」

由姫はもにょもにょと小さな声で反論をしようとしたが、途中まで言いかけた所で口を噤《つぐ》んだ。

そして、ほんのりと赤らめた顔でうつむいたまま
「は、はい……。私を……あ、貴方《あなた》のものにしてください……」

と更に小さな声で呟いた。

あれ？　意外と彼女はこういう強引《ごういん》なアプローチが好きだったりするのだろうか？

でも、肉食系ムーブはあんまり得意じゃないんだよな……。

やべ。だんだん恥《は》ずかしくなってきた。さっきの俺のセリフ、クサくね？　激臭じゃね？

「そ、ソレジャア、お店にイコッカ……」

「なんで急になよなよしい声になるの？」

彼女は俺が羞恥心《しゅうちしん》に悶《もだ》え苦しんでいるのに気づいたのか、くすりと笑うと

「格好《かっこう》つけるなら、最後まで格好つけなさいよ、バカ」

と小さく細い手で、俺の背をポンと叩《たた》いたのだった。

おまけ　初夜《しょや》の翌日の恥《は》じらうカノジョ《未来》

朝か……。

いつもアラームまで寝る俺《おれ》が、今日はアラームが鳴る前に目が覚めた。

窓から差し込む光がまぶしい。どうやら今日は快晴のようだ。

「すぅすぅ……」

と、可愛《かわい》らしい寝息が横から聞こえてきた。

俺の隣にはあられもない姿で眠りこける由姫《ゆき》がいた。

暖房がしっかりと効いているからか、シーツから彼女の白い脚《あし》がはみ出していた。風邪《かぜ》をひかないように、俺はそっとシーツをかけ直してあげた。

「夢じゃなかったんだな……」

俺はボクサーパンツのみの自分の格好《かっこう》を見て、ぽつりと言った。ベッドの横にはおもむろに投げ捨てられた服が散乱していた。

昨日、初めて彼女を抱いた。

結婚してから一か月。我ながらよく我慢《がまん》したほうだと思う。

由姫は初めてだったこともあり、かなり痛がった。処女の子とするのは初めてだったので、俺も少し戸惑った。

やめようかと訊《たず》ねたが、「我慢できる……」と涙目ながら強がる彼女が可愛くて、俺の中の理性はどこかにいってしまった。

優しくしたつもりだが、酒も入っていたからか、途中からの記憶は曖昧だ。

「…………………………」

そういえば、彼女の寝顔をしっかりと見るのは初めてだ。

夢を見ているのだろうか。彼女は幸せそうな顔で時折むにゃむにゃと何か喋《しゃべ》っていた。

普段のクールな彼女の意外な一面を見た気がして、俺はくすりと笑ってしまった。

これから一生彼女を守っていこう。改めてそう思った。

『ピピピピピピ！』

と、枕元《まくらもと》に置いたスマホのアラームが鳴った。俺は慌てて止めたが

「ん……」

由姫の目が開いた。どうやら起こしてしまったようだ。

彼女はむくりと起き上がると、目をこすり、辺りを見渡した。

そして、俺の顔を見たあと、すぐに視線を下に落とす。

「！」

ぼっと彼女の顔から湯気が出る。慌ててシーツを纏《まと》い、胸元《むなもと》を隠した。

「おはよう」

「あ、お、おはよう……」

恥《は》ずかしいのか彼女は目を合わせず、消え入りそうな声で答えた。

「あー……えっと、体は大丈夫？」

「うん……。動くと少し痛いけど、たぶん大丈夫……」

「そっか。良かった。優しくしたつもりだったけど、途中から記憶が曖昧で……」

「大丈夫。最後までずっと優しかったよ」

そう言って彼女は微笑《ほほえ》んでくれた。

そして、シーツを口元を隠しながら
「本音を言うとさ……。私、こういう行為の良さがわからなかったの。なにがそんなに良いんだろうって。避妊をするなら、性欲を発散させるだけ、快楽を貪《むさぼ》るだけの非生産的な行為だって」

「…………………」

「だけど、実際にやってみたら違った。貴方《あなた》にぎゅって抱きしめて貰《もら》うだけで、頭の奥からじわーって、嬉《うれ》しい気持ちが溢《あふ》れてきたの。お互いの体温がわかって、呼吸のタイミングとか、心音を感じられるのが、とっても気持ちよかった……」

恥ずかしそうに、でもどこか嬉しそうな声色で、話す彼女だったが、急に我に返ったような表情で

「……って、何言ってんだろ私……」

と自分の頭をぽかぽかと叩き始めた。

「はは……」

ストレートに気持ちを吐《は》き出した彼女の雰囲気に当てられ、俺も顔が赤くなってしまった。

「たしか、ハグをするとドーパミンが出て多幸感を得られるって研究もあるらしいしな」

「そ、そう！　それ！　きっとそれだと思う！」

私は「淫《みだ》らじゃないです、普通です」と言いたげな目で、由姫は何度も頷《うなず》いた。

「…………………」

「…………………」

俺達は無言のまま、しばらく見つめ合う。

「ね、ねえ、もっかいやってくれる？」

由姫は胸元を隠していたシーツを手放し、両手を広げた。

どうやら、もう一度ハグをしたいらしい。

「………駄目《だめ》だ」

「え!?　なんで!?」

由姫はガーンとショックを受けていた。

「わ、私、なにか嫌われるようなことした？　は、初めてで上手《うま》くできなかったから!?」

「いや違う。そうじゃなくて……」

俺は無防備になった彼女の胸部から目を逸《そ》らしながら
「今抱きしめたら、その……また我慢出来なくなりそうだから……」

「あ……」

今から始めると、間違いなく会社に遅刻してしまう。

「続きはまた今夜ってことで……」

「う、うん……」

由姫は小さくこくりと頷いた。

こうして、結婚してから一か月後、俺達の初めての夜は終わった。

ちなみに、どんどん甘えん坊になっていく彼女が、その片鱗を見せていた事に俺が気づくのは、もう少し後のことだった。

あとがき

初めまして！

もしくは、お久しぶりです。中村《なかむら》ヒロです。

皆さま、突然ですがタイムリープしたら、何をやりたいですか？

今回、タイムリープものを書くということで、自分がもしタイムリープしたら、どのような事をしたいか、というのを考えました。

違う高校や大学に行く。別の職に就《つ》く。色んな選択肢を考えましたが、なんだかんだ、私は同じ人生を歩むんじゃないかと思います。

自分の人生を採点するなら、せいぜい七〇点というところですが、これが一〇〇点になってしまったら、自分が自分じゃなくなってしまう気がするんですよね。

なので、私はタイムリープしても、きっと同じ人生を歩むぜ。キリッ。

あ。でもビットコインは買います。全力で買います。だってお金は欲しいもん。え？　それはオーケーなのかって？　ギリオッケー。

なんというか、正修《まさおみ》と正反対ですね。本作を書いていて、正修の行動に、正気かお前？と思うことが多々ありました。ただ、自分と全然違う行動をする主人公を書くというのは、とても楽しい時間でした。

果たして正修は由姫《ゆき》をオトす事が出来るのか⁉


次回予告！

A　突然現《あらわ》れた、裏生徒会を名乗る五人組との、真の生徒会を決める生徒会選挙！
B　七芒学園《しちぼうがくえん》に隠された財宝！　異形《いぎょう》の化け物が蔓延《のさば》る地下迷宮の謎とは…⁉
C　**突然現れた中年の男**
「俺は三十年後の未来からやってきた。

由姫の命を救いたければ、俺の言う事を聞いてくれ」

いやぁ、どの路線に行くか迷いますね。

——なんて自分で提案してなんですが、どれも書きたくないです……。すみません。

さて、ふざけるのはこれくらいにして、謝辞を。

すばらしいイラストを描いてくださったゆがー様。

可愛い由姫やイケメンの正修を描いて頂き、本当にありがとうございます。私は芸術センスがゼロなので、描いて頂いたキャライメージを見て、「あー。これこれこれ！　求めていたのはこれ！」みたいな感じに毎回なっております。

担当様。いつもお世話になっております。

私がいつも変な方向に走り出すので、それを修正するのが大変だと思います。これはもう治らないので、引き続きよろしくお願いいたします。

そして、最後になりましたが、この本を手に取ってくれた読者様に最大の感謝を!!

それでは、今回はここで筆をおかせて頂きます。ありがとうございました！

彼女を
デレさせる方法を、
将来結婚する
俺だけが知っている

第2巻
今春発売予定！

果たして裏生徒会は存在するのか？

迷宮で出姫といちゃらぶな展開に!?

三十年後から嫁も来ていいぞ？

どうぞお楽しみに!!（by担当）

ファンレター、作品の
ご感想をお待ちしています

〈あて先〉

〒105-0001
東京都港区虎ノ門2-2-1
SBクリエイティブ（株）
GA文庫編集部 気付

「中村ヒロ先生」係
「ゆがー先生」係

**本書に関するご意見・ご感想は
右のQRコードよりお寄せください。**

※アクセスの際や登録時に発生する通信費等はご負担ください。

https://ga.sbcr.jp/

彼女をデレさせる方法を、将来結婚する俺だけが知っている

発　行	2025年1月31日　初版第一刷発行
著　者	中村ヒロ
発行者	出井貴完
発行所	SBクリエイティブ株式会社 〒105-0001 東京都港区虎ノ門2-2-1
装　丁	AFTERGLOW
印刷・製本	中央精版印刷株式会社

ISBN978-4-8156-1500-0
Printed in Japan
GA文庫